汉语春秋

【中国古典人文意象随笔】

⊙刘卫东 著

齊魯書社

序：激情与梦想

唐朝晖

从大写意水墨线条的角度审视五千年文明的叠加和传承，从《周易》到《红楼梦》，其实路途短暂而简单，没有想象中的遥不可及，但其思想的深邃和对其的继承和发扬，被我们一次次忽略。近半个世纪，我们正在偏离发展轨迹，所有动作都落在“物质”经济含金量上，每一次“物质”的落定，对于精神就是一次远离和施暴，偶尔有对传统文化的亲近，也是如此的矫情和浮躁。

看到刘卫东这部《汉语春秋》，没有意外感，我相信他迟早会写出这样的作品来，他也必然会关注五千年的中华文化，只是选取不同的点面而已。为什么这么说？因为他的作品我关注了很多年，在策划出版他的第一部散文著作《指尖流水》之初，我就认定他是当代青年中较为纯粹的作家之一。而这本《汉语春秋》，则是从意象角度出发，抛弃一些喧嚣、玄想，以饱含深情的笔法切入古代的精神空间。

近五年来，文坛对当代中国青春文学的关注，被市场化的非文学因素所迷惑，误把杂草、枝蔓当成文学。

刘卫东曾经写道："我的抒写从来不需要酒精、糖、性以及自杀和频繁的艳遇、冷漠的地铁或者星巴克咖啡。我需要的是敬惜字纸、激情。"这些文字与我的立场不谋而合。2009年年初，我在《青年文学》杂志上倡导"激情与梦想"。没有激情和梦想的作家，是不可能写出有生命力的作品。激情与梦想，这样两种因素对于一个书写者的重要性是不言而喻的。因为他的"敬惜"、"激情"、"梦想"、"字"和"纸"，我欣然接受了为刘卫东写这篇序言的任务。

《汉语春秋》断断续续读过不少，这次系统地读，感受颇多。这本书是从青春的时间向度追溯古代世界里的空濛、新奇、安宁、自然的精神元素。青春与古代，它们之间看似毫无联系，但是在作者的文字世界里，却有了新颖的解释。

《汉语春秋》这本书体现的是青年散文创作向古代精神空间切入的写作实验。回归古典精神世界，是寻找我们精神和心灵的古老脉流。

刘卫东像个学习中的孩子，干净的思维应合着千年文化所散发出的神秘信息，他蓬勃的朝气清洗着时间的尘埃，思想进入光亮、澄净的世界，沉醉于文化符号后面所承载的具象的历史之境。

在《汉语春秋》第一部分里，他通过文字悉心聆听“风”、“鱼”、“胡同”、“朱颜”、“信札”、“古汉字”的喘息之声，这些来自远古的光线，或具象或抽象地被刘卫东赋予新的意象与语义。古雅朴拙的意象，在古代精神世界里有着它们各自深远的意义，它们一一被作者的心灵唤醒，重焕荣光。

第二部分的核心作者落在“水”上，千年前的夜雨降临，润泽万物。“雨水”、“汉字”、“粟米”，在作者的精神谱系里天成一体。作者关于青春时代的精神追溯，已经与万物的存在和源流，在心灵世界里融为一体。

第三部分写“古歌”、“琴声”、“古村落”，这些文明的血脉，从物象出发，寻找那些模糊而绵长的孤独感，意在寻求生命的意义。

第四部分写“稻花”、“茉莉花”、“佛像”、“黄土”，作者从不同年代的地理区域里寻觅这些散落的永恒意象，作者体验到了写作实验时的亢奋感。稻花柔美、茉莉清雅、佛像圣洁、黄土凝重，这些富足的人文意象在作者的思绪中幻化成柔美而刚毅的天地。

第五部分写的是古代的“谏客”、“县令”、“鼓声”。我们曾为古人的气节和行动而感动终生，作者没有停留在这一层面，而是从更为抽象的“发声”与“言说”出发，这些人物的“声”与“音”构成另一种完整的语境。

每一篇文章都是对古代事物，如建筑、河流、线装书、府衙展开的想象和抒情。刘卫东漫行在辽阔的大地之上，各种古典意象可爱而明净。虽然明确的具象少了些，虽然专致深入的力量轻了些，但副题的“意象”、“随笔”等关键词已经告诉我，一切在继续，一切在往正常轨迹上走。

青春没有尽头，我们不需要穿越时空，我们已临身于此，只需回望与学习。书中所写的诸多意象，似乎都属于古代，其实都是一种象征，是一种精神的归宿和起航，也是对我们疯狂奔跑的一种提醒。

我相信：静生万物。

（作者系《青年文学》杂志执行副主编，中国作家协会会员。）

目录

竹书汉简

古代的风、雪以意象的形式进入集体的心灵史，这是以春秋、秦汉竹简为载体的历史。史官、士子们采撷绿竹，在宫殿里写下这些秘密。青铜的爵杯作为饮酒的器皿，盈满纯净炽热的光，白鸟作为书信的传递者，在雨夜越过秦岭。我以古中国孩子的身份，抵达东方中原的腹地。

汉语的历史是一条河，木舟和清流，菊花与长风，总让人想起古代的明月、新雪。鱼尾箭呼啸而过，胡同开满海棠花，古人在写着书信，竹简上刻满故事。春雪落满庭院，青山就在眼前，江流之上，云朵在如水的明净中袅袅远去，我们的古典之旅就从此开始。

大风起兮

阅读古代的线装书，印象最深的便是快意恩仇、飞马善射的少年郎。传说中春秋时期的养由基，便是善射之人。他的箭如飞鸟离弦狂突，闪电般地飞向靶心，箭翎如白色鸟羽，直中红心，穿金甲，破云彩。

春秋箭法是大时代最神秘的一个传说。养由基的射术，在如今书写史书的说客的笔下，仍然有着不能掩盖的锋芒。楚晋交锋，养由基满弓怒射，鱼尾箭离弦飞驰，满嘴碎言碎语的说客退避三舍，晋军将领血溅五步。那种刚烈与威猛铸就了春秋的侠义之士，他们的善射与风度成为带有浓重神秘色彩的传奇。

读完这春秋，我只记得养由基的鱼尾箭。我以为养由基的射术与鱼尾箭是史书中记载最曼妙、最凶险的一笔。在这样的史书中，养由基的射术是无可挑剔的，它是春秋时代的一种象征，一种写意。在如今的唇枪舌剑与明争暗斗之中，养由基的鱼尾箭让人敬而远之，它是如此骄横飞扬，没有讨价还价的余地。养由基烈马穿梭，青黑的箭矢却有着墨绿山脉那样轻柔的色彩、细致的线条，箭矢走势飘逸挺拔，刚烈威猛，带着风声，宛如鹤唳。养由基弓弩如古代传说中的蠃鱼，鱼身而鸟翼，音如鸳鸯。养由基的鱼尾箭，到这里终于成为一种象征。恶劣而凶险的舌战中，鱼尾箭的存在使得局势显得更加诡谲莫测。弯弓射箭的养由基逐渐被人遗忘，史书中只有空谈盐铁的酸腐说客在喋喋不休。

如今，养由基的鱼尾箭和火红躁烈马尚在，只是如今你想真正体验到那种快意恩仇，想望一眼春秋战场上的狼烟，都已然不能了。书里的木头鱼，念念有词的呆头鹅，迂腐的阅读只是麻木自己的一种方式。读完二十四史，你就中毒已深。竹简中的千万字慢慢地磨蚀少年的方刚血气。骨勇之辈，如今只得潦草谋生，弹弹那古琴，敲敲那案角，风声过后，又重新收拾笔墨，经营破碎的古董。

鱼尾，鸟羽，古代中国的响箭源自它们的瘦硬挺拔与洒脱飘逸。鱼纹状的繁体字亦因此才有了纸帛美色，风度翩翩。养由基的弓箭和他的烈马、桀骜不羁的脾气、带有游侠气质的射术成为绝响。鱼尾箭似乎捕捉到了风的声音，劲风猎猎，旌旗蔽日。马群从山谷里穿插过来，大风从山脊上席卷而下。滚滚的风声夹杂着急促而密集的马蹄声，铁甲敲击着大漠的胸膛，穿着黄金甲的骑都尉，有着狂躁的血性与脾气，怀中满揣着睥睨四方的心志。

南风吹，过云岭，醉红颜，百花香。鱼尾箭如此迷人，沾着春风，扯着衣襟，带着风云之气。历代的神鬼志怪故事的世界里，烟雨淅淅沥沥，风儿是迷离的、缠人的。唐朝的文言传奇小说，总是游荡着几丝虚无缥缈的风。你看从南国的海岛、吴越的春秋、齐鲁的青山、楚汉的青州府、洛水河，风儿吹着线装书，故事像纸线做的风筝，涂着红粉彩黛。离奇的茶话，热闹的闲谈，风儿吹，蝴蝶飞，春天的会稽山，燕子归，情未了。茶余饭后，酒过三巡，咚咚的锣鼓，锵锵的钟鸣，稻花盛开的丰年，风吹酒旗，红烛映妆，小说里的人物带着那鱼尾小箭，骑马壮游。

风儿吹，白羽飘，金翎飞，大风卷水，响箭嗖然飞过云霄，消散在四野之中。古代的风儿亦是写意的，中国汉字的独特笔势章法，或浓重的用墨，横平竖直，使得纸草上的墨痕御风而行；或笔

〔唐〕韩幹 牧马图

迹勾连如风，用墨洒脱自然，带剑长啸的少年文采章法逍遥世外。只有养由基的鱼尾箭最为特殊，那风声是紧紧的，浑厚的，连绵起伏不可断绝的，宛如纸帛上鱼骨状的中国汉字。鱼尾箭的弦也是刚硬的，那离弦的白羽箭宛若飞鸟，箭镞密集。风从原野上升起，刮过大青山、朔方青州、楚河汉界。

东风吹，弓满弦，祁连山雪峰逶迤连绵，黄骠马纵横山谷，军旗飘扬在四野，风从云岭吹下来，马儿长尾激扬，头颈屈伸，栗色的毛发飘逸挺拔。

鱼尾箭是一种响箭，百步之外，有金石之音。秦代崇尚黑色，关中的铁器锻造成犀利的箭镞，秦军的箭雨声响四野，势破云天。在古代的鱼尾箭和竹简上的汉字都是写意的，有着金石的质地，硬朗而沉着的色彩。水墨色的鱼尾箭与青黛色的竹简，有着相同的刚烈性子与血缘。侧耳倾听，响箭的锋利之音如银瓶乍裂、珠玉破碎，你会在秉烛夜读的雨夜与那些一诺千金、快意恩仇的侠义之士相遇。书斋里的士子凝视白羽，丢掉书卷气，遥望破碎的河山密布着幽暗寂静的森林，广袤的四野满地箭石。

青铜器时代的刺客多是青灰色的衣服，鱼尾箭的箭头则亦有青灰色。质朴的色彩有一种一去不返的壮烈。过辕门，看画戟，射天狼，传说中的养由基弓激射怒张的瞬间，能发出清晰的鸣叫。古音有宫、商、角、徵、羽，春秋的鱼尾箭离弦时，音促而清，发自肺腑，嗖然飞出，黑铁箭矢，带有一种撕破空气的声音，为商音。箭矢离弦疾飞，其声呼啸，其音绵长，为角音。待到箭锋达到最高速度的瞬间，发出变徵音，音发自心胸，浑厚而雄壮，这就是春秋鱼尾箭的精华。射中金甲的时候，其音则低沉而细，羽音接近喉舌呻吟之声。末了，便是宫音，破阵之后，铁马重甲缓缓而归，其音缓而慢。养由基的飞箭就是他的言语，五音终了，破阵之歌便从大风卷尘的阵地飞出，听到这响箭，这破阵曲，闲言碎语便一扫而光了。

至于鱼尾箭，后人仍然可以在春秋的笔墨中寻觅它的踪迹。可是，古代勇猛的江湖游侠又如何写得繁体方块字，又如何字字情深如海？去博物馆看一下古人竹简上的笔墨，你会深恨自己青春不再，写不来那种斩钉截铁的文字。宛若飞鸟的马儿，纵马长策、血溅三尺的游侠，汉代壮士的诀别只是酒过三巡的寻常菜肴，无聊而惨淡的书信写的不过是钱米三百两。母语的温暖感觉渐渐失去，那种感觉犹如扼腕长叹的侠客，仰天长啸，只是那古汉字的色彩愈加淡薄了。

然而翻捡那古旧的书籍，却还是有着线索可以考证。古代传说中的《齐谐》是一部专门记载怪异事情的书，鱼与鸟是其中神秘玄远的两个意象。汉代步兵作战的鱼鳞方阵和白玉鹤羽，来源于鱼形与飞鸟。古隶笔痕神似瘦硬的鱼骨，咸阳少年游侠箭如飞鸟展翅。箭羽逆风而上，雁行阵列的弩兵破祁连，射天山。箭雨稠密的战场，大风卷着尘土，壮士持戟冲锋陷阵，勇敢的汉代士兵将鱼鳞阵、白羽箭的威力发挥到了神奇的境界。狂风中红旗卷动，山岭密布的北方古战场，墨笔勾勒出的袭击路线图，红色描摹的铁骑迂回曲线一笔挥洒。侧翼是青山，腹地是莽原，西北是燕山山脉，群岭逶迤连绵，南望是中原方阵，汉代的疆域版图横跨东北，骑岭断流，兵势如黑色的游龙东到大海。汉代的版图如此广袤，箭矢点缀着白色、紫色或者黑色的翎毛，孔武有力的壮士开强弓，拉硬弩，扬眉引弦，张手飞射，快捷如风。而出塞的军士更是骁勇善射，麾下箭袋里面的箭矢古直苍硬。水墨飞箭，云翎似弯月，羽翼如长蛇，在空气中飞梭着呼啸而过，能够刺穿盔甲，击破前锋，搅乱敌阵，射住阵脚。

汉代初期的《尔雅》把动物分为虫、鱼、鸟、兽四类，鱼尾与燕翼形似，传说中养由基的鱼尾箭便是由鱼尾和飞鸟两种渊源深远的鱼禽之形构成。鱼儿是青色的，鸟语是细碎的，古人描写传奇故事的笔法和叙述方式也是恍恍惚惚的。箭如鸟羽，无影无踪，不可寻觅，离弦既出，四野茫茫。古人飞马猎鹰，风驰电掣，衣襟飘飘，箭矢如风如闪电，马蹄声如炸雷如战鼓如铜锣，一片云烟。

汉代的风是归燕，是鹤翼，阳春三月，少年郎趁着东风骑弄竹马，佩戴紫玉，嬉戏玩耍。囊中的羽箭古朴圆润，声声呼啸，呼之欲出。

听听那四野茫茫的大风歌，看看那九重云霄的鱼尾白翎箭，驷马难追的鱼形箭矢，凝聚了骨力与风姿的弓弩。西风吹，出阳关，吹过秦岭和长安。风如鱼尾白羽，风如翎箭铜镞，刚上路，风就又吹过来了，细细的，痒痒的。风儿是惹人的，娇气的，那是宋代人生活的江浙。风儿是缠绵的，绮丽的，唐朝长安城的小家碧玉，那刺绣手绢悠悠地摆动着，是在向你招手么？风儿是伶俐的，敏捷的，那是雪晴之后，天朗气清的日子，古人呼朋引伴、宴乐山

〔元〕赵衷 云山清趣图

水、运笔如飞的时刻。那笔墨线条是舞动的,跳跃的,喜气洋洋的。风儿是粗厉的,呜咽的,画卷展开,那是汉代的大青山、乌云岭的古战场,那是飞沙走石的汉代边塞。传说中的古战场从乌鞘岭开始,向东北方向延伸,顺着黄河和内陆水系的分水岭,祁连山以南青草郁郁,箭矢满地。身披紫金袍的将军,脚蹬青云靴,策马扬鞭,剑指西北。红色的旌旗摇,锵锵的钟鼓鸣,风声、鸣沙声、马蹄声浩浩荡荡地穿过山谷,越过秦岭。车马如激流,横贯云岭,衣袍如羽翼,烈风鼓荡、飞沙走石的边塞,林中响箭疾如飞梭,倏然直插黄金甲。这风儿是箭羽的鸣叫,是汉家游侠少年长矛划破空气的吼声。

北风吹，边疆寒，汉代的中国，鱼尾箭依然可以觅得影踪。西域的汗血良马体形矫健，嘶啸着声震四野。云雷纹的箭矢，带着劲风，将军远征诛敌，西出函谷关，那风儿就变得粗厉了。汉代的鱼鳞方阵是边塞野战步兵的常规阵法，战车奔腾长啸，士卒盔缨颤动，掀起千层黄土波浪，战马横穿乌鞘岭，纵策远射，弓弩尽张，飞马失蹄，那流云般的鱼尾箭羽翎雪白，声声锵锵，直追天顶彩云。

古战场上的背景色彩是青灰色的，洁白如雪的箭弩，瓦蓝的天空，千军万马拥挤的边塞雷声滚滚，风声阵阵。鹤翼、鱼鳞、偃月、锋矢、长蛇、方圆、衡轭、雁行，汉代古战场上风云变幻。箭矢鸟首鱼翼，破空的瞬间音如磬石之声。响箭划破大漠山色，铁马踏碎燕山明月，古代的箭弩如云雨遮天蔽日，黑旋风，金铁角，嘶啸的怒马踏破敌营。

千里群山，四野茫茫，苍莽的云海之中你只能听到风的声音，突突的，啾啾的，它在细语，在低吟，在长啸。大风从古代的洛水上游吹来，千里水路，那是浩浩荡荡的鱼米船队；汉代征战边塞，带甲从戎的少年郎，眉宇间卷舒风云之色。画卷上面西北的边塞烟尘滚滚，烽火沙场，墨黑色的铁器，映照清冷的光泽，青铜时代的骑兵摆出锋矢阵，簌簌的，细细的，呜呜的，风中虎豹怒吼雷霆万钧，铁骑楼船军马万千。

射我鱼尾箭，着我青衣裳。

风儿吹，吹关山；风儿吹，过江南，那风是带着燕子的呢喃，带着春泥的味道的。春光明媚，策马田猎，那鱼尾箭也就有了更温婉的色彩。风儿穿过稻田，掠过池塘，白菅为席，古代红色陶器上的鱼儿欢畅地游来游去。会稽山下，风儿是柔软的，带着稻花酒酿的温情与芬芳，绕着你的指尖。翻开吴越的府志、绚丽的志怪小说、诡谲的公案传奇，故事的结尾总是倏地吹来风儿，才子佳人，鱼米清酒，风儿吹着乌水墨色的篷船。府第州衙，街肆米市，泡着江浙的茶，下着黑白棋，正堂上挂着唐宋的中国红，风儿穿堂而过。吴越的小故事讲完一段段，会稽山的铸剑师喝完一盏茶，春风鼓动侠客衣襟，村夫野老迎风展旗，水龙船就开动了。风儿卷动水花，船儿穿山过岭，那是中国画的古典线条，墨色青黛，着色轻盈，有着醉人的秀气。船儿如离弦的鱼尾箭，风行水上，大红帆鼓荡着春风，百舸争流，酒旗高挂，一帆风顺。

东风吹，吹我衣。

秀才胡同

在中国古代的书院与郡县州府无数的学堂，秀才这个词语的内在含义比状元、榜眼、探花更为奇特。秀才作为一个想象的身份，而非权力中心的拟定，远比古代通往仕途的暗路上的书生有着更重要的寓意。

中国古代北方拥挤的胡同，天下的秀才在这皇城根下的夜读带着浓郁的理想色彩，与史家所描述的晚清一代的秀才形象截然不同。秀才的身份与气质，他们的血性与骨勇，甚至刻薄、尖锐的一面往往被野史笔记与讽刺小说所涂抹湮没。

在书册之中，这个符号不再局限于古代的读书人本身，它成为一种想象的身份，与艳丽的狐仙、悲情的酒客有关。然而在知识分子的酒狂高歌里，颠倒黑白的文牍笔墨中，秀才最激烈的一面却是模糊不清的。而今人对知识的鄙弃，对真相的恐惧，使得关于秀才的虚构成为一种狂热的文牍工作。

这样的辨别，需要看破怪异世相的泼辣与尖刻。

你会和我一样质疑，这样妖狐出没诡异神秘的世界，居然是没有廉耻和荣辱的。秀才在这里失去了他的话语，只剩下单调的情事任由热衷揭短嘲弄的小说家摆布。

中国历代的秀才，从权力的最底层开始融入的悲情色彩，并没有因为才子佳人的皮相而损耗殆尽。秀才们长年累月在那寒酸的胡同里读书写字，饱经风霜，似乎离狭义的理想主义者也极其遥远。但是历代的科举体制禁锢得近乎让人窒息的案头，仍然有几篇可读的文章。这样的秀才很少在金榜上留下名姓，权力的刀笔能够敏锐地捕捉到这类文章的忤逆的心理，或者暗中隐藏的固执。秀才的文章经过重重地过滤与净化，到了殿试大多只剩下赤裸的伤情色彩。这种伤情和惋惜，被极尽能事的小说家妙笔生花地篡改成青梅竹马的故事，放在某个朝代的尾巴上，露出一种凋敝破败的恶劣之美。

然而明朝的秀才血溅案头，终于开始为自己正名。这种觉醒远比上书的士子更为刚烈，不可遏止。一种巨大的力量促使他们狂奔出这长长的胡同，走上街头，哪怕是葬身宦海。

这种血气，只有胡同里的秀才才有。

以一个秀才的身份来理解这胡同里的寒酸与暗角，是明智的选择。知道身在其中，天地之间的胡同都是相似的，曲折盘缠，如乌黑滑亮的蛇一样扭曲着身体和四肢。秀才的身体与语言都是这胡同的迷局所摆布的玩物。小说家需要秀才居住在这胡同里，贴了窗纸，住了妖精，变成失神落魄的鬼魂。

在我的阅读经验中，秀才这个词语是一种需要被重新理解的身份。他们不像士大夫那样身在江湖宦海,他们离街头巷尾、柴米商铺最近。在厌倦了古史中虚构的看海棠、弄竹马的秀才之后,秀才这个词语会为你重新打开认识世相的出口。

没有任何一个秀才,将他的名字留在宦海的册页里。只是小说家掏空的躯干,引来狐媚的妖言。从那月黑风高的夜晚,将胡同里的秀才梦境中的女子幻化成魑魅。

秀才是一个无名,他的笔藏匿在书页背后。秀才的形象都是被虚构来嘲讽挖苦的,这种阴暗的逼仄之心,常让人在冰冷的书中感到惊恐和战栗。秀才的胡同被小说家灌注了太多的脂粉,以致读来皆是病恹恹的花,醉醺醺的美人儿,还有虚无缥缈的红色狐仙。这样的一种残酷在虚拟的文字世界缠绕着读书人的心,鬼鬼祟祟,魑魅魍魉,即使是胡同深处的病残秀才,也有着煞白的面相。

秀才的故事,终于难以读完,小说家的虚构和掏空身体的秀才,成为鬼仙系列的装扮。病态的美感占据了整个京城的胡同,那种水墨色的梦魇,涂改成惊鸿春梦,将秀才们逼入绝境。小说家在虚构的舞台上尽兴杀戮与捏造,将真相焚烧成袅袅青烟,顺着胡同上面的天空升起。

阅读明清的史书,却不见有一个小说家来捍卫秀才的身份,这是一件憾事。仿佛秀才们被官宦和知识分子囚禁在胡同里,有一种身份越界之后被打入十八层地狱的悲凉。

只是从来很少人质疑自己是白痴一样，秀才的身份被小说家架空，送给了狐仙和病梅花。

虚构，以一种施虐的快意来决断知识和真相的命运，秀才成为修辞与书写快感的牺牲品。秀才只属于这胡同，吐血的甜美，扭曲的脸孔。

这个身份与称呼，有着极其丰富的想象。在说书人或者一般史家的记载，插科打诨，秀才是以一个被取笑的形象出现的。这种想象与书写的历史被长时间地凝固下来，除了身上的单衣、病倚着院落里的海棠树、青痣狐、媚红袄，秀才的真实生活被这种虚构和嘲讽所湮没。寒酸的秀才住在狐狸的胡同，这种讽刺与寥落只存在想象之中。那些散落的故事虚构的是秀才的红绿草、黄衣裳、鸟雀的胡同、阳春三月的嫩绿柳芽。

一个秀才的眼泪，会引来无数的妖狐。

渐渐的，你会为这种比喻和妙笔生花的故事感到窒息和恶心。

天下的胡同，那种狭窄，极端的压抑感，让人想到词句的平仄。秀才的胡同，朗月之下，青灯黄卷，人间的烟火气息和性情中的血性骨气，都几欲殆尽。

秀才已经不再佩剑，《水浒传》中的不第秀才，纸墨营生的明代书生，不再因一言而甘愿承受牢狱寒苦，山河的灵气到了晚清的秀才那里已经丧尽。只有极少数的人还能凭借一时意气，在体制内讨价还价，最后做出致命的决绝。中国古代秀才的那种强硬与激烈通过漫长的时光与科举体制流传，锣鼓巷萤光满卷，雪窗外剑客夜袭，都是关于古代秀才的最美传说。

〔清〕黄慎 携琴访友图

这样的行动和举止，在你从中国那朗朗的读书声中清醒过来，不禁有一种相见恨晚的长叹。秀才的胡同通往天下衙门，万古风月，一朝春梦。雪晴之后，静雅的庭院墨香轻飘，饮茶同窗，击鼓杖歌。金鱼胡同里的秀才，穿过鱼米街市，在稀奇古怪的胡同里，在这样虚构的语境中穿行、梦游，像笼子里的金丝雀。

每一个胡同的夜晚，都有盲人的摸索，秀才的念叨。

中国的秀才，在曲曲折折的胡同里夜读，轻轻叩开晚明的纱窗，你可以看到这灯火下的少年，或者已过花甲的老人。

在书案前，闹市，那是清朝的蒲松龄，也许只有蒲松龄的文字世界里，秀才们才能离开胡同，走到那更远一点的明月冈。

民国的书生，那些上个朝代的秀才，在京城的胡同里、使馆里措辞论辩，不分黑夜白昼，这才能在阴暗潮湿的年代看到光亮。京城的夜晚，那些知识分子隐藏在胡同的角落，策划着一场政变，或者一次暗杀，这样的剑胆琴心，证明他们并非书坊里纸糊的架子。

秀才的剑，一旦离鞘，便杀人于五步之内。这样的秀才却总是藏匿得太深，或者在胡同里面像个凡夫俗子一样吃五谷杂粮。如果那是刺杀袁世凯的秀才，或者读书郎，你倒也是不必惊心的。枪响之处，他们早于热血沸腾，不惧这黑暗的罗网。

古代京城的胡同，曲折的巷子，容易让人迷路，只有这些目光炯炯的秀才们才看得清楚路面与世事。

秀才们在这长长的胡同里挑灯夜读，那是中国最催人清醒的读书声。如果在民间的轶事或者更晦涩的古书的语境中去理解秀才这个词语的意味，那么你才能接近真相。

古代的读书郎，寒门秀才，他们栖居在胡同里，在野史或者历代王朝的权力中心之外，在这僻静的夜色中饱受着煎熬。词调落腔，都带着斩钉截铁的果敢。那剑，那腰间的佩玉叮叮当当，清脆的声音是少有的一丝悦耳。在病虫缠扰的夜晚，这个秀才落笔的擦擦声，让我想到在月色下磨剑的侠士，或者一个病夫在踉踉跄跄地舞刀弄枪。这个秀才挑灯看剑，舞影凌乱，看得久了，才能懂得他的寂寥与悲伤。

中国古代的夜空之下，风雨之声相互掺杂，中国历代的读书人似乎都走过这长而曲折的胡同，慢慢地走了许多年才能走到灯火明亮处。

天下如棋局，胡同如迷宫，书声琅琅，出自那胡同的深暗之处。天下秀才，在这漫长的胡同中不断地吟诵苦读，洪亮的嗓音让人终于找到一丝干净明朗的安慰。

天下秀才，书声朗朗，读书人的精神和血性，都在这胡同里千年缠绕、厮磨。如同善意的小说家提醒，除了狐媚，你应该小心那秀才的剑。

朱颜记

中国古代的小说和画本里，清丽脱俗的花旦，浓墨重彩的戏子，他们的角色、气质和性格都是扑朔迷离的。江湖客栈，人声鼎沸的茶楼酒肆，卖艺杂耍的闹市，花旦、青衣、小生、黑脸冷眼的判官，一声断喝，银钱落地，锣鼓齐响。人马散去之后，卸去浓妆的花旦穿着青布小褂，跟着说书先生和戏班子穿过米市、盐铺，在人群之中那一朵青菊花般的粉色便消失了。浓妆的花旦，细腔细调，字字叫绝，然而卸去衣妆，抹去粉黛，日常生活的柴米油盐、酸菜鱼、酱豆腐、茴香豆、人情世故、世态炎凉，才是真正的五味瓶。

清代的小说、笔记、画本中的女子，没有了前代的浓厚色彩，札记、评点、序跋，点写的是女子简单、自然、朴实的画像。中国古代戏曲里的花旦，清代江南农田里的女子，她们的容颜多了些写实的色彩。身着青衣的花旦，怀抱琵琶的歌女，线装书里墨迹清秀，线条婉媚的绘像，都接近一种现实色彩。花旦要求唱腔清秀美丽，灵敏巧捷，粉墨脸谱，花纹诡异，色彩绮丽。闺门旦、玩笑旦、泼辣旦、刺杀旦，悬念起伏，情节横生。唱的是京腔，快板激昂，慢板平缓，散白流畅，眼神犀利。她们的容颜是性格化的，每一种色彩都是韵味十足。花旦粉黛浓墨，你可以从她们的容颜上看出世间的百媚千红。她们浓妆登场，那回首间的眉目与表情，是清代绣像小说的精华。华丽的装饰，瑰丽的油彩，挺拔的翎羽，生动的脸谱，朱笔描摹上去的色彩，情意都在其中。

宋刊话本讲究趣味、悬念和冲突，语言接近口语，曲折离奇的故事，明白晓畅，通俗易懂。而画本讲究人物绘相生动传神写意，言语与声色，神态与性格，亦夹杂不同方言的故事情节。宋代画本里的俏女子，多是青衣一袭，穿着粗布鞋，背着绣花囊，心灵手巧，大胆泼辣。她们是民间小说里的主角，有着真情意、烈性子，这种气质，构成宋代街头里巷说书先生讲唱的底本。讲说前代书史文传的艺人，惟妙惟肖的讲述，是他们人生经验里的另一种酸甜。

古代的画本讲究生动传神，宫阙、衣冠、人马、车乘皆可入题，尤以女子神采最为浓烈鲜艳。古代行走江湖的卖艺女子，行头简洁利索，唱腔高亢，一身淡妆，穿山越岭，披星戴月，衣襟沾满山野的菊花香、流水的清新。山岭的泰然之气滋养着那嘹亮的嗓音，字正腔圆，宛若转珠。她们的衣装是青色的，沾染的是深山的雪、竹林的绿、稻田的翠、田野的苍莽。青衣质朴无瑕，一路的风尘落在肩头。头顶是五彩的流云，过竹桥，越篱笆，停在她们的双鬓。马儿悠悠地穿过春野的油菜地，担上的行囊和干粮沉甸甸

的，转过百里稻田，进京城，闹市里你可以听到她们婉转细腻的清唱，细丝般地穿越云霄。

汉代的歌女，吟唱弹弄，循规蹈矩，没有脂粉气，却也少了儿女温情。然而歌谣极为质朴，表演也是生动传情。古朴的衣装，打着许多补丁，头巾的色彩已经褪去。乱世三国，侠义和神怪传说，民间故事记载的女子多是江南女子。她们杏红色衣衫，青眉低低，衣袖盘盘，捏着紫花布的手绢，在稻花中嬉戏。吴地民歌中会稽山的女子，绍兴采莲的女子，唱腔清新婉转，节奏明快，出尘脱俗。那种沉浸在稻田、莲子、青山中的神色是宁静自然的，那衣饰是朴素古雅的。她们的用妆，脂粉是淡淡的，色泽是清秀的，画本上的人像亦是粉墨轻勾淡染，用笔细致，线条飘逸。汉代吴地的女子以青山为粉黛，以稻花翠色为衣襟，娴雅的气质，明快活泼的性子，是古代绣像小说中出彩的地方。青青的禾苗，悠闲的渔舟，红红的莲子，新鲜的淡妆，勾勒出汉代女子的神采。

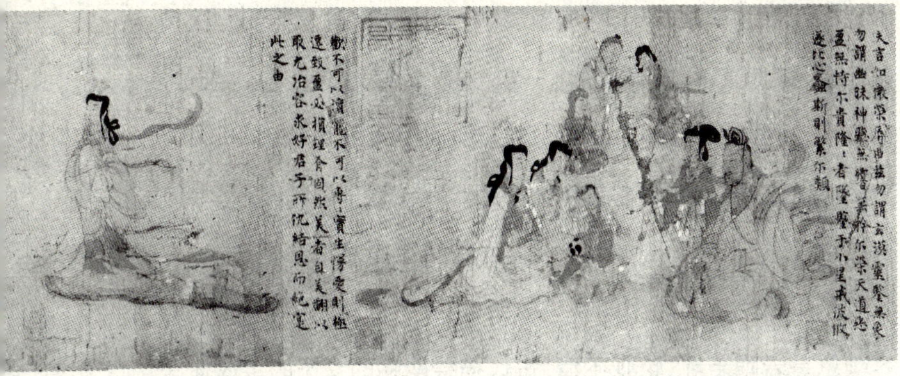

〔晋〕顾恺之 女史箴图(局部)

汉代风尘古朴，女子的朱笔浓彩，写下的是生命中明快自然的一部分。在古代的绣像小说中，也并非全是吟唱当户织锦的小儿女。明清的画本有侠义恩仇、性格刚烈的奇女子，有骑马飞射、英姿飒爽的风云女子。古代画本水墨长卷，古朴拙雅的底色，奔腾壮阔的战场，逶迤连绵的燕山山脉，箭矢满地，风云突变，金戈铁马，如从梦中来。清代画本作者大手笔，展开画卷，从潮白河谷到山海关，东西纵横，战鼓擂擂，青黑色燕山山脉耸入云岭。画本中间的人像赫然清晰在列，舞刀弄枪，披荆斩棘，征战青山戈壁。肩披紫云凤纹麾，军旗摇动，五彩缤纷，笔墨淋漓之处，朱颜神色飞动，气势凌人，紫荆盔甲枣红马红菱纹罗绣花袍，乃是花木兰。画本上云烟迷离，飞沙走石，花木兰一骑绝尘，飞入敌阵，青山被旌旗遮蔽。古人笔法一变，挥笔点墨，点皴破墨，焦笔涂抹，粉黛点缀，花木兰朱颜从容，青衣在肩，草绿袖口，五彩霞帔。古人画本描摹花木兰笔法简练，随类赋彩，宛若游龙飞凤。然而画面精微谨细，体韵遒举，风采飘然。一点一拂，动笔皆奇。花木兰五彩锦云甲，淡墨抹红妆，流星飞马穿过燕山山脉，跃出东山，日月为粉黛，苍山为衣妆，寒翠草木为战袍，风云变色，朱颜冲冠，北方女子神姿气概，成为明清女性画本小说浓墨重彩的一笔。

民间小说世界的南朝女子则富有玄远、神秘的色彩。她们的容颜总是若隐若现、朦胧不清。古代描绘南朝的女子的绘像体法雅媚，制置才巧，色彩有奢华，也有简约。魏晋南北朝佛教艺术盛行，即使是民间小说里的女子形象也不乏流光溢彩之作。南朝的绘像，虚加炼饰，轻事雕彩，女子的衣装多是冷色，如绿色、赤色、宝石蓝。她们与世界保持着一定的距离，像是流云，或者那参透尘世的仙子。她们的衣襟在绘像中总是呈现出飞舞的褶皱，轻柔的色彩，淡如云烟的句子，使人读来会有缥缈人生的感慨。因此，南朝的绘像总有一点虚空，一点破笔用墨，一点皴擦的痕迹，但不会影响虚若无骨的画神态美。那线条像是飘着的，吊在佛龛上的光，一丝一丝的，游离在小说的情节之外的。她们要么有着华丽的神姿，要么有着虚幻的光影，结构和用墨都是介于有意无意之间，用意绵密，画体简细，色彩透亮，闪着金色的光芒，风儿吹着衣袍，仿佛飘出世外。

明朝横州州判王济在《君子堂日询手镜》中讲南方草木、桃李、钱米，那人物的性格与平生是清晰的。但在志怪玄言小说中，是看不清人物的性格的，浓淡不一的用墨，消瘦的面容，衣物色彩和谐淡雅，南朝笔记体轶事小说的神秘形象宛如神话，仙子们是虚无缥缈的，来世或者今生，她们都是无迹可寻的。老学究的读书人即使穷尽考证、训诂、辞章，也未必能看到这镜中的朱颜之色。朗朗天地之间，笔记小说的因果报应、前世今生、明月床前、朝露斜阳，被收录到后人的小说笔记里面，人世间的痴情不改。画卷里里外外的故事，生离死别，恩恩怨怨，卿卿我我，仿佛黄粱一梦，使得临摹画本的读书人恍若隔世。她们的姿色依然存留在梦境中，那个年代的花香依然残留，笔下的人生柳暗花明，枯木逢春，又是大好时节。笔记小说世界的仙子容颜迷离，或笑收藏画本的人痴，或叹经营笔墨、辗转反侧的人愚。画像中的某某折痕，朱红的眉批勾画，朱颜不改，青黛的光色就在指缝间溜走。梦中或歌，或醉，或唱，或骂，或叹，或醒，笔记小说世界的病苦与人情，光阴荏苒中化作相思泪。南朝的女子衣袖遮面，流落江湖，每一页故事，每一幅绘像都弥漫着菊花香，草庐炊烟淡淡升起，来来去去的日子，不忘前世的姻缘。栖隐在古人画本和笔记小说中的女子低眉写意，青绿色衣袖拂去的是古老的时光。

唐传奇是指唐代流行的文言短篇小说。唐人纸笔、用墨、构思、运笔都是大家风范，卷面是春光灿烂，格局开阔。青山绿水，燕子从岭头飞过，女子朱红的面容迎着阳春的桃花山谷，风儿吹过枝头。唐人如此画法，春华秋实，历历在目，色调鲜艳。唐代的文言小说和笔记小说则较南朝的画本、绘像，在色彩和性格上有了更清晰的描摹。唐朝的小说和画本上的女子，容貌清晰，多是豆蔻年华，有着小家碧玉的顽皮，也有着大时代京城里女孩们活泼的性子。仔细翻阅古人留下的绘像，可以看出她们比汉代或者六朝的女子在线条的表现上更加流畅，自然在绘像手法表现上最为亲切,师心独见。

唐代小说语言多为散体,多四字句,句法较整齐,沿袭了六朝志怪小说的传统。女子绘像线条如流水纹、彩云丝,更多的是情韵连绵,风趣巧拨。这是一卷大时代的风俗画的卷轴,奔流肆意的色彩,波澜浩荡的运笔,脂粉气已经不再属于唐代女子的气质形象。宫女坐愁红颜老,只是唐代画卷中的一个褶皱。大红灯笼高挂的富家宅邸,车水马龙的长安,云霞蒸腾的画本,女子们的姿色与神采是鲜活的,那光泽也是明媚的。无论是小说中勾勒的人物形象,还是画本中描摹的京洛女子、豪门贵族,抑或是待字闺中的平民女子,都可以看到异彩纷呈的唐代女子形象。这些画本用墨讲究,色彩匀称,讲究布局,体法雅媚,女子们置身于京洛繁华的都城,或者栖身于山间草木茂盛的世界,穿着绣花绢锦袍、黄绣花袍,不用脂粉,不穿丝绸。脚下是一滩青石,一淙流水,一山杜鹃,灿烂芬芳的花粉气能透过纸卷,使读小说的人感受到春天的气息。古旧的供收藏家珍藏的画卷,一草一木都是古代的精神气息。流云般的笔法,顺水行舟的唐传奇爱情故事叙事法,匠心独具的色彩点染法，唐代的女子的性格与品格都凸显了出来。

画本上的唐朝女子用线条勾描，绘制精细，有着丰腴的神姿、洒脱不羁的性格,亦有稳重的一面。唐传奇的小说故事更是精彩纷呈,以史传笔法写奇闻轶事,画像也随之注重生活细节的描写和人物的精神心理的展现。唐代的女子绘像用笔圆劲细秀，

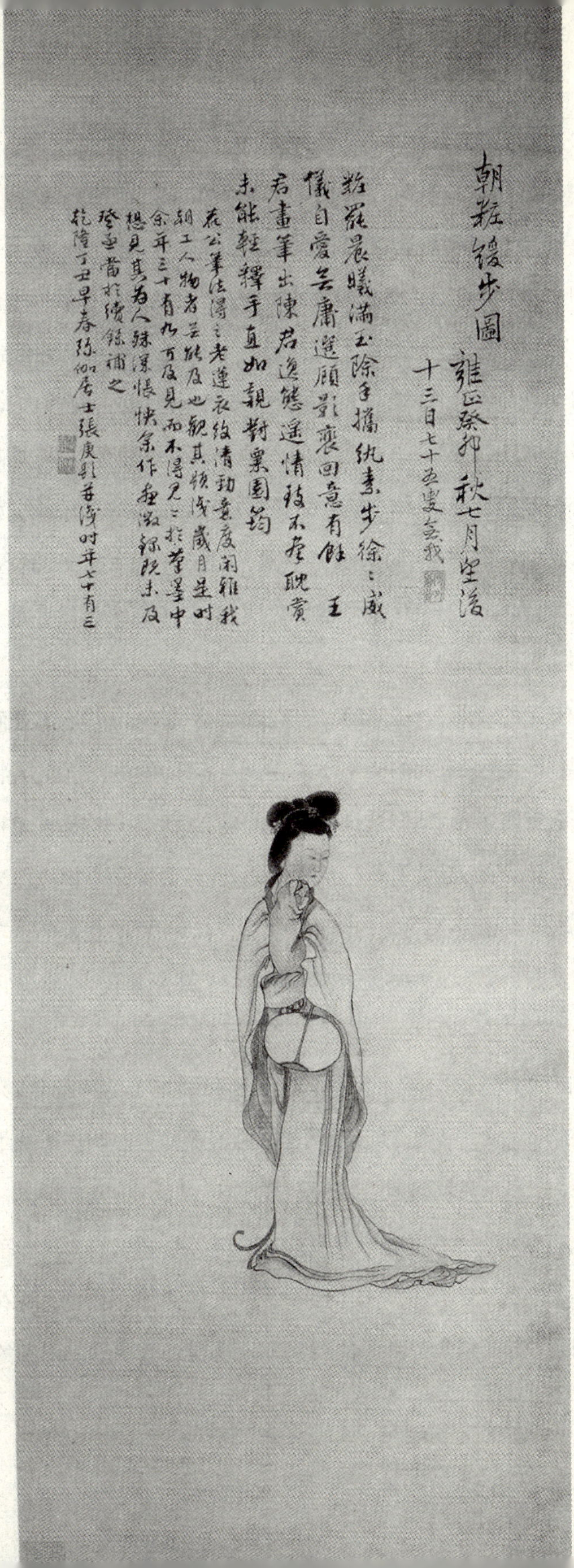

〔清〕王树榖 朝妆缓步图

她们生活在京洛城郊的绿色田野，穿着淡淡的粉色衣装，戴着斗笠，在山岭下编织着十八年的梦，酝酿着醉人的美酒。春雨从卷轴的上方洒落下来，笔墨和色彩一并展开，她们的容颜焕发出光泽。这色彩与光泽只有那千里沃野的平原上的刺绣才能绘制。古代的女子身着蓝布衣裳，日出而作，日落而息，在山野耕作，在秀色满衣的茶园漫步。头插碧玉簪，身佩丁香玉，肤色光滑，眉目清秀，衣带当风，漫山遍野的花香浸透了唐朝姑娘的彩云妆。她们春风满面，在耕作的时节遥望茶园，斑斓一片，海棠红，翡翠绿，菊花黄，卷轴上的唐代女子容颜之美，已经和整个自然界融为一体。

宋元的戏曲，女子唱吟，流落江湖，格调不如唐朝，但是画像姿色亦是别致。宋朝的话本小说在街头闹市里争相传诵，人物形象亦是多姿多彩。她们从神话小说的世界里走出来，是十里扬州采茶的女子，是叫卖茉莉花茶的小儿女，是看似弱不禁风但朱颜色不改的女子。茉莉花的幽香，白色羽衣的清雅，蓝紫色土布棉衣的大方自然、朴素格致，亦有农家女子勤劳善良、性格伶俐的气质。

古代女子的绘像之美是笔记小说和画本中的神秘色彩；画卷上的宋代女子图像，多是善于传写，不闲其思。明传奇故事里的女子亦多是性格刚直，或憨厚，或明智，或大义，或痴情。俳优、艺人，在画本、评书里的形象是绘声绘色。绘像里的宋代女子有妖艳，有朴素，有清丽。衣襟色如胭脂红釉瓷，山山水水，花花草草，连同走江湖卖唱女子的行头都表现得十分生动。田间的女子，身后是山间的竹林，赤霞色的云朵在头顶上唱歌，伊水河畔，江浙水泽，黄泥的墙，乌黑的瓦，金黄的油菜花，洁白的栀子花，掩映着女子的身影。稻米鱼粮，砍柴，磨磨，卖豆腐，吃酸菜，酿美酒，日常生活的绘画，田野泥土的清香，素面朝天的宋代女子，一袭黑发，一身青绿色，画卷上的形象超然物外。她们的草鞋，手绢沾满泥土，青草的气息，在说书人的世界里，她们手持百宝箱，做得针线活，重名节，薄利禄。山野的流水洗濯面容上的尘土，森林、草木的光泽都是她们生命的本色。朱颜不改，朱颜之美不在镜中粉黛。彩笔浓墨，写不尽一江春水。

杨柳春风，朱颜只能在回首一瞬间。

孔雀东南飞

在古代的水墨地图上，以青铜时代的东周王都洛阳为中心，东至齐鲁，西到关中，北抵燕赵，南达吴楚，驿道相连，四通八达。长于说辞的谋士，带着鱼肠剑，简朴的青衣，一骑绝尘，携着简书与符信，往来于诸侯国的城池之间，穿山岭，越栈道，快马加鞭。八百里加急信书，赤红的朱印，五彩的羽翎，苍劲的笔法，宛如飞鸟白羽，翩跹飞舞。官吏奏报，说客上书，白羽倒插，那是火烧连营三千里飞报。骑马的信使飞出燕国的城门，转过护城河、王府宅邸、酒楼茶肆、闹市里巷，一路上黍麦绿映，云霞青山，直奔东南。

古代千里传书，战国时期把书信或文章刻写在竹木简上，亟传檄告，简书与符信往来传送于燕赵秦晋之间。齐鲁的谋士写文书，作檄文，传将令，长袖抚案，磨墨疾书，青玉笔头，狼毫挥舞，取了水陆通行符节，信使披青衣，佩袖箭，千里单骑，驿馆传舍之间，片刻不得停息。秦朝简册用小篆，符传用刻符，印玺用缪篆，幡书用鸟书。山间飞奔的火红毛色的骏马，插着不同色彩的云旗，蹄声如沙场锣鼓，山野城郭农田桑园，官道街驿行人纷纷躲避，乱作一团。五彩锦书，火龙驹，风云蹄，烽火狼烟中信使轻装上马，将插着孔雀紫羽的帛书送到行军大营。

从巴蜀到关中，米仓山、大巴山沟壑起伏，关山阻隔。信使纵马山道，要经过都江堰、剑阁，葭萌关、阳平关，沃野千里，崇山峻岭。蜀地沃野千里，土壤膏腴，一路上夹竹桃的清香从河谷丘陵里飘来，信使怀里的书和行囊的剑，都浸渍这种芬芳。关中的稻谷香，江南的莲子红，一名古代的信使永远穿梭在秦岭与大禹陵之间的山地、关寨和城塞。蝉翼般的帛书，情意绵绵的家书，就像飞出窗阁厢房的纸鸢，五彩的翅膀，轻盈的羽翼，在汉代的地图上飞舞。孔雀翎衬着信笺上华丽的彩衣，飘逸的线条，古雅的剪裁，明月照在骑马飞驰的信使身上，周围是澄黄色的稻子、深黄色的油菜花、柑橘果。饥饿的时候驻马饮水，嚼块干粮，千里山路走完，信使整整衣冠，策马进京。遥远的驿路上，信使已经中了花草的毒，被山色里飞翔的鸟儿蛊惑。交付书信，受赏了汉家粮仓里的稻米、银两，买来酒食花椒、姜块、蕹菜，一醉三日。

汉代的家书，秦朝的诏文都用隶书抄写，高堂上一声令下，传讯官直奔东城。古雅的竹简和帛书则用丝线包裹，若是皇帝亲笔诏书则是用金黄的绸布小心翼翼地装点。三更造饭，五更上路，有经验的壮年信使骑着星月飞马，背插小黄旗，借着清晨的月色，穿过京城车水马龙卖早点的油茶铺、烧麦摊、古玩店，绕过街角，日行四百里，将书信传到东南的州府。至于家书，则是笔法

〔宋〕刘松年 挥翰图

各异，用墨千奇百怪，点点穿穿，涂涂抹抹，有笔走龙蛇的矫健，有飘若飞凤的清逸。潦草的家书，仓促的结语，杂乱的笔画，让人联想到写信人的焦急心情，左顾右盼蹙眉而思。云梦睡虎地的木牍家书，像信鸽一样直飞云霄，由武关经南阳抵达江陵，一路颠簸，风尘仆仆。

古人写书信，讲求寄情千里，字句真切。街巷之间，忽有飞马来报，登科及第，亲友传书，互道平安。信笺上的行草，大小如雨点，勾连如蛛网，一笔一画或如痴如醉，或酒热耳酣。魏晋书法家文笔遒劲，心领神会，写就的家书用红丝带缠绕，仿佛自己就能飞到千里之外。纸张里的汉字或如粒米，或如鱼鳞，或如云朵，有翎羽，有耳目。信使纵马飞驰，呼啸而过，怀里的帛书像小兔子一样惴惴不安，上蹿下跳，躲在信使的衣衫内。从京城到边塞的路上征尘滚滚，从黄河到南方的驿道则是侠盗迷踪，虎狼横行。战乱时期，凶神恶煞的山大王专门拦截商旅行客，搜银两，夺珠宝，不容分说招呼喽啰一哄而上，将客商五花大绑押回山寨。荒山里山道艰险野兽出没，喽啰来报，青衣信使一骑过岭，山大王便招呼众人吆喝呼啸着冲下来拦住信使去路。但愚笨凶狠的山大王却是从不拦截飞马传家书的信使，问了壮士去路，拱手抱拳满怀敬意，杯酒相赠。信使一饮而尽，众人豪爽大笑，纷纷回寨。壮士拍马加鞭，带着家书就直奔东南。来年回京带来江浙的坛装陈酿女儿红，众喽啰接住，一醉方休。

唐元和三年戊子科状元柳公权，小楷体势劲媚，骨力道健，内敛外拓，干净利落。柳公权的小楷家书情深意切，韵味长远。朴雅的纸张上，用笔取均衡瘦硬，点画爽利挺秀，有柔软的力量，也有劲挺的神气。家书上面有朱砂红印，吩咐书童急行千里，回乡报喜。明清的状元郎传递书信则是更喜欢红鬃马、草行书，笔下春风得意，急忙要把高中的消息传到家乡，回到驿馆就赶忙唤迷糊的书童笔墨伺候，卷起袖子，整整衣装，秉烛疾笔。新进状元受六品的翰林院修撰，喝下一坛十八年的状元红，醉醺醺地挥毫直下，墨色氤氲，满室清香，雪青色的纸笺，新鲜的楷书带着野外露水的青涩，笔痕质朴古厚，如蠹鱼、雨燕，令人眼花缭乱的点横撇捺，缠绕在一团。纸张上笔迹十分潦草，勾连纵横，七横八竖，让人能感受到古代的书生在挥毫之间快意十足。四蹄疾驰的枣红马，玻璃眼，珠玉毛色，闪闪动人。马儿筋骨健壮，神采飞扬，风驰电掣，在山道上掀起一阵尘烟，远远的只能看到它的影子。一路上伴着它的是山野里的大雁、红狐，跟着马儿一起飞跑，嬉闹，跳跃，吵闹，临安城外，嘶啸的马匹背上的信使冲进城门，滚鞍下马，上书报喜，动作已经像燕子一样灵巧。书信抵达南方，春天来临，草木萌芽，才子们登科及第的消息传遍乡里，亲朋好友奔走相告，拱手作揖，杯盏往来。

汉代的家书，是一只纸鸢。汉代开始以竹篾扎作成鸟禽状骨架，长方形硬竹板，从背后勒成瓦形，或竖或横，绘画简洁明快，背缚弓弦，凭借强风，飞上天空，左冲右突，嗡嗡作响。纸鸢有着孔雀翎、紫金装，它飘过松亭关都畿道，随着候鸟飞向长满桃花和水稻的南方。一封暖暖的家书写毕，便是洋洋洒洒的佳人鸿雁之约。古代的夜晚烛火满院，沐浴之后的书生们焚香净手、磨墨提笔，卷着袖子想着在紫荆关、桃源山的书肆里抄写书信的红粉知己。十里一亭，三十里一置，书信就像纸鸢一样，飞过驿馆客舍。云中锦书，雁行千里，秀才的信笺就像汉代的纸鸢，在云雾中舞动身姿。

纸鸢用的是红丝绦，青竹篾撑起骨架，选细薄的砂纸或者印花的碎布装饰羽翼。古人飞鸽传书，多用红丝线困扎信笺字条。鹞子翻身，笔锋侧转，叙说身前人后得失，家里长短。不论流言飞语还是流水账簿，由骑枣红马、大青马的信使穿山越岭送到。杏黄色的信纸从京城到金陵顺天府，寒霜雨露，秋风冰雪，几案上的纸鸢断了线，折了翅，纸笔春色也是几番枯荣。山道艰险，饥肠辘辘的信使被拦路打劫，迷失方向，濡湿了信纸，也有无奈而返的时候。他们或问路村夫野老，或投宿荒山古寺，驿马丢失，财物遗弃，那怀里的信笺似乎也啁啾着叹气，嘀咕着这驿路的漫长。家书失散，正如断了线的纸鸢，杳无音讯。

纸鸢折断了羽翎，被正在描红的女子拣去用针线缝补，古代私塾里嬉戏的富家千金，糊弄老先生，玩风筝，爬墙角，抽屉里藏的就是精致的竹骨纸鸢、苏州刺绣手帕，还有一沓沓桃花印纸，有莲子的青色和酸杏的鹅黄。明代的京城有许多书肆和酒楼，碧雪青色的城墙内，有擅长刺绣的女子，也有代写家书的穷酸秀才。穿着蓝色长袍和印花布鞋的富家子弟在聚宝斋里读书，玩赏着蜀绣绫罗缎、鎏金壶、玻璃碗、青金石，在后院里斗蟋蟀、踢毽子，看着闹市的花花草草，翻着丝绸装裱的卷轴，吃酸菜鱼，喝花雕酒。京城求学的清贫书生则躲在书斋里闭门不出，磨墨抄书。抄写的信纸一般是水墨色的，纸张和笔记有胭脂色、褐青色，柔软得像江南的柳枝，字里行间，揖让进退，或写着薄酒一杯，聊表芹献，或敬颂颐安，文不加点，字里行间，快意恩仇，少年意气。或讽谏，或拜祭，或问亲，或寒暄，一封彩云笺，笔墨清雅细腻，半个时辰之后，月光当窗之时，顿笔收锋，差人送往千里之外的绍

〔明〕唐寅 吹箫图

兴府走马桥石板街花溪楼某某处。而私塾里的女孩子则吃着菱角，咬着酸酸的杏儿，写小楷，刺苏绣，扯着红丝线的纸鸢，从屋顶上看着酒楼、茶肆、银铺、米店那灰色整齐的屋瓦。

左冯翊，玉璧城，朱雀航，春天的时候总会有满腹诗书的才女做纸鸢，写书信。晋人写雨后帖、快雪时晴帖，快哉之意酣畅淋漓，然而闺阁女子的秀气小楷亦是墨法精丽、生动无比。信笺夹在线装书里，用蓝印花布、苏州刺绣的手帕包裹着。线装书里藏着桃木书简，那是青梅竹马的定情之物。明清内府图书常用黄绫作衣，以示尊贵，而秀才和江南闺阁里的梳着红妆的女子小楷书信则字迹柔和纤细，欹斜相依，肥瘦相间，有竹马青梅的灵犀。用不着象牙笏板、官衙拘束，即使是脂粉气的草书，却也天真质朴，情意绵绵。桃木书简夹在书信里，彩色的花瓣和衣袖的绿色有萱草的清新。清代的老夫子，宋朝的桃木匠，他们不懂得这蜀绣小笺乱针、钉线、圈金、掺针、滚针、接针绣，一针一线包裹着线装书和草书纸张桃木书简的情分。扬州的闺房少女不思宫廷厨子的手艺，只读酒牌红字，绞着手帕儿，在城墙和宅院内牵着纸鸢的细线，思慕着飘在城外的纸风筝。

春去春又来，蜀绣织锦做的纸鸢，落在芳草斋、玉华楼，斗蛐蛐的子弟目光越过亲王府杏黄色的琉璃屋瓦，看着纸鸢飞过村落孤烟。这种陌生的纸鸢对于他们来说是娇媚的燕子，轻盈地飞过扬州盐道、王府高高的墙壁。韧性的竹子，细薄的砂纸，密密的针线，五色金翠线，孔雀翎，杜鹃翼，黑蜈蚣，美女蛇，迷蝴蝶，玉麒麟，盘蛟龙，形状各异的纸鸢飞过客栈、茶楼、银铺、米店、梁都

〔明〕仇英 吹箫引凤图

建邺、王公贵族们的花花世界。它有五彩翅膀，百丈游丝，只食蘑菇、嫩草、树叶。翡翠绿的纸鸢，云彩是它的霓裳。它生活在绿衣黄裳的信笺里，抛媚眼，送春风，过田垄，采莲子。

云彩中的纸鸢，那是唐朝的纸鸢还是汉代的青鸟？彩色头冠，明丽的蓝色或绿色羽毛，在古老的城墙和飞檐翼角、斗栱彩画、朱柱金顶的宫殿外，五色绣衣、缛绣罗纨、素绨冰锦的纸鸢，飞在杨柳如烟的春风里，它是蜀绣上的鸳鸯。黄绮乘云绣，凤鸟纹刺绣，纸鸢的翅膀上被心灵手巧的女子刺上了金色纹线，那就是线装书里面如春海棠的孔雀。遥远的京城，它带来少年心上人的书信。白云间的红丝带，那是信使怀里揣着的女儿锦书。丝条或竹笛制成的响器，风吹声鸣，那是纸鸢的啼叫。纸鸢做的珠玉孔雀被细细的手指牵着，在府斋的柳树上空飞舞，飘向疾马飞驰的山里。缀着京绣飘带的书信不知道什么时候才能到达京城，也不知道京城的读书郎什么时候才写完清秀小楷，飞鸢传信。

送你一封五彩锦云书，一只雪青碧纸鸢，绘上鸳鸯绣，描上红丝线，插上孔雀翎，写上小楷字，直飞千里东南，锦书盟誓，今生今世永不分离。

汉字的祖先

阅读线装书多年，渐渐地就对古旧的文字写成遗留下来的手抄本、札记和刻本产生了一种感性的理解。明清的小说刻本，字的划痕依然清晰可见，用笔遒劲，散中有骨。酒楼闹市、街头里巷、杂耍卖唱，都被记录在这里。浓郁的墨香，青涩的纸笔，淡淡的勾画，以及那朱红的妙笔点评都带着一种古朴的神色。陈旧的刻本依然保留着那个久远记忆的时节里春天的气息，散漫的洋溢在笔墨痕迹之间。氤氲的气息蜿蜒迂回着顺着前人的笔记，顺着纸张磨损痕迹和繁体字，那暖暖的空气就从纸草上漫了出来，仿佛就是竹子的清远之气，带着绿意，熏陶着人的身心脾胃。

我在桃花盛开的春天阅读一本线装书，透过朱红大印和蕴染的笔墨，那些汉字像花骨朵一样散发着清香。线装书久置于书斋，一旦重见春光，便如山泉薪柴煮出的活水冲出的青茶一样，灵气焕发。摩挲着线装书的纸张，就像为一个久病初愈的人把脉。那古朴的纸张写着密密麻麻的繁体字，蘸着龙凤砚盘里芳香的墨汁，写满整卷的春光美色，湿漉漉的水汽还带着文字的脉搏和读书人的体温。书的角落有笔墨抹落的泥沙，也许作者写的时候正是春光明媚，雨后的燕子衔来的春泥被溶进了墨锭里。这泥沙也许就是我们的祖先在疾苦交困的岁月里，寻找这桃花的花骨朵一样的汉字的时候衣襟上洒落下来的。泥土的气息，春水的温暖，燕子的呢喃，清贫的衣饰点染着这线装书上苍润的笔迹。消瘦而遒劲的汉字，母语的温暖和质感就通过触摸纸张的双手，透过仿佛潮湿未干的笔迹与我们的身心相连。

马，牛，羊，毛，皮，人，口，手。这些汉字是我在童年接受启蒙教育的时候最先掌握的词语。我对汉字的理解和母语的本质认同感就从这些词语开始。我始终认为这些汉字是某些有生命的灵魂，它们只是在线装书里休息一下，它们的血液依然是暖的，鼻息也在，只是在等待着苏醒。有芦苇的清香，细语的呢喃，还有

〔明〕沈周 青园图

流水一样的光和影子流淌着。关于家族的叙事和历史，就在田野月光下，在飘荡的水稻清香的灯光下开始了。家族的谱牒、账簿、契约掩映在水稻的芬芳和清幽的光线之下。绵延的清香带着南方水田里特有的气味，那种蜿蜒回转的记忆和下意识的嗅觉，捕捉到了古代那种充满诱惑与骚动的气息。

一本线装书的存在使我们与时间之外的祖先相遇。用竹子或者桃树的小枝丫做一支简陋的笔，写在泥土上的文字被风沙湮没，但是并没有消失，而是藏进了一朵花的内心。这种朦胧的印象一直保留在古朴的纸张里。我们的母语就这样在河流、雨水和大地的哺乳下孕育着一种新的书写规范和技巧。书写者的性格、脾气、心里的故事、哀愁、迷茫都被我们在粗糙的纸张上观察到。当我想起风尘仆仆的孔子、烟花三月的李白、风和日丽的朱熹，他们在路途中散步的时候会不会嗅到了那竹子清新的气息呢？

儒雅的汉字在黄淮海大地上繁衍生息的时光里，它的心脏、血液、骨骼经历了不断的蜕化和新生之后，关于它的呓语、梦境、农业耕作、权力制度都被记载在一本褐色的账簿上。数字和模糊的字迹、墨印、笔画，甚至每一个偏旁部首、停顿、音节都散发着一种谷物的清香。绿色的水稻，青涩的水草，久远的气息飘浮在汉字的笔画和符号之间，或散漫，或湍急，或飘散，或萦绕，熟悉的味道充满摆满古老家具的书房。水稻的气息就从笔墨之间缓缓流淌出来，就像月光下慢慢上升的雾气，湿漉漉地带着温润的光晕。古老的年代那些丰收的水稻、谷子、玉米的枝叶覆盖着这些浓墨重彩之下的汉字，账簿记录了时光流年的饥饿、婚事、祭祀与家族成员的构成。

线装书记载着那些久远年代里的天气、耕种、祭祀、疾病、集市、潮汛、卦象、天文。黑色浓郁的笔墨的缝隙之间蠕动潜伏着的就是游蛇一样的汉字。线装书里的每一个汉字都是在时间与战火的残骸灰烬下存活下来的吉祥文字。它带来花的消息，将花粉洒落在田野里，被某个朝代一个山村勤劳的女性采摘。汉字的秘密就存在于我们的五谷和雨水之中，这种关系神秘而亲切，劳动的意义就在这里。造字的仓颉、治水的大禹或者尝百草的神农氏，他们在苍山、河流、田野的果蔬之间选择了奇特的音节和字符来描述这种血缘关系。

在线装书的历史之前，我也许是一个孩子，在月光下的森林迷失。清冽的湖水、箭矢、石器、兽角、石子、贝壳、粟米，它们是汉字的前身，是我母语的游戏。丹青色的花蒂，明亮的月光下，唐诗的韵律、声调，宋词的柔软、婉媚，元曲的清丽、明快，它们是汉字的大树上生长的果实，秋水的滋润，星光的沐浴，使它们的伤口和疾苦慢慢愈合。

汉字是一种草本植物。是诗经里的桃花，是一支红红的芍药，是雨水里长大的南瓜，是一粒周粟，是清秀的雪里红，是野性的矢车菊，是浪迹天涯的蒲公英。不吃周粟的祖先和清朝线装书里记载的少年都为这种汉字之美而化作春泥。

汉字的祖先也许是一个农夫，一个懂得中药的疾苦和山水的寡淡的智者，风尘中蓑衣草鞋，晴耕雨读，茅舍安居，有着健康的身躯、睿智的谈吐；汉字的祖先也许是一叶梧桐，炎黄春秋，大地悠悠，它身世飘零却依然能够晕染一叶丹青、一册河山。它是野生的竹笋，却有折不断的骨骼和清远的气息。生于草莽之间，处庙堂之远，它有着草木之心，木泽金声。魏晋的史书、唐宋的诗词、明清的戏曲都在这线装书里。万水千山，笔墨之间，千沟万壑，一衣带水。葱郁山路都在这笔墨之中，饱含着一腔热血。

读完一本线装书，你就与这汉字的祖先相遇了。

汉字的祖先是砂石陶罐上红黑色的鱼，在呼吸着山野的清新空气。汉字的祖先是草木虫鱼。陶罐上的祖先沉睡在线装书里，纯净的气息漫过青草地。

汉字的祖先是一粒麦子，一颗水稻，一只远古的朱雀。南方有嘉禾，女人柔软的小手栽培着这纯净的谷物，长成外柔内刚的性情。金色光泽的麦穗，绿色的水稻，这些植物的生命周期和记忆的秘密如潮水一样在大地上涌动。农妇们用旧石器舂碎五谷，水稻散发出初潮一样的气息，这种泥土里长出来的草本植物，云水襟怀，带着谷物的恩泽。

也许，汉字是教我识字的母亲陶罐里的雨水，我的童年时光只是像一条小鱼一样，有着象形文字的骨骼。蛙鱼、嫩竹、秋草、梅雨，我和这些文字一起慢慢长大。

我是春天在稻田里醒来的禾苗。我曾经想过，青草痕迹里泥土味道汉字很久以前一定也是有一个家的。在桃花源或者河畔伐木的那个农夫的柴车上面，汗水味道和铁器的气息是的它体内的乡愁。黄昏的时候，混浊的黄河把它们带到更远的地方。

汉字的祖先是一种水草，是一个美丽女人的胴体折射出的彩陶朴素而清贫的色泽，是出水的莲花，是一块玲珑的美玉，是散发幽香的荷蕖,在我们手中的线装书里萦绕着,缠绵着。汉字的祖先是远古苍茫的月光下一片眨着眼睛的雪花，看着时间的尘埃落定。

汉字的祖先是一枚鸟羽,是白沙上的虎斑贝、桃花鱼,是一张兽皮上的花纹,是箭矢上的水滴,是我们用繁体字的草书写给故人的家书,是尺素,是鱼肠,是笔墨砚台之上朱红的光彩。

汉字的祖先是一颗根深叶茂的大树，它的枝叶和筋脉穿过时间的尘埃延伸到我手中的线装书里,触动我的血脉和精神。我就在这线装书里寻找我的祖先,每一个汉字的祖先,每一个心灵的善本。

书鱼知小

在雨夜阅读明清的线装书，红色的眉批，赤色的勾画，隐约散发出江南芦苇和水草气息的纸张，穿长袖衣装的读书人往往被这笔墨的芬芳和莲叶的清香迷醉。那纸张是经过雨水和皂角、香料浸渍过的，装订的纸线都清秀婉媚，刀痕玲珑，在红烛青灯下，读书人就是这样读完线装书的。

线装书里藏着许多小故事。每一个故事都可以用来迷惑我们可爱的长袖秀才。读书人的魂魄常常会被竹篮、野兔、酒肆以及下棋的闲人带走。脂粉女子、说书艺人、青衣和花旦，他们隐居在明清的线装书里，听着夜雨敲窗，酒巷闹市里三教九流的吆喝，村夫野老、贩夫走卒的啰嗦。这些书生像戏院里的青衣小生，红脸黑脸，涂抹着浓浓的脂粉，对着镜子梳理，在赴京赶考的路上折几枝花，写几首词，对着剧本唱几声才子佳人。

我们都是读线装书的秀才，在城市的夜晚想象杏色柳红，春风十里，长安花好。我们在线装书的世界里寻寻觅觅，熙熙攘攘，摩肩接踵，却并不认得对方。挟着古旧版本的线装书，紫色的、黛蓝的、粉红的、朱砂色的书页，上面绣着画着描着刻着不同的柳叶、山石、流水、桃花。

线装书是神秘的、隐喻的、暗示的、委婉的、忧愁的，密密麻麻，粗粗细细。它的版式是秀才们最宠爱的。古书的版式，北宋和南宋前期刻本基本上是白口，南宋后期出现黑口，元末至明弘治年间通行粗黑口。明正德、嘉靖年间又出现白口书，之后一直到清代，黑、白两种书口同时流行。秀才们分辨黑白，做文章，谈家规，明人事，在明清的线装书里，你会发现柴米夫妻的感人故事，有隐士野老的造化无形，衙门巷里的流水簿子，药房茶肆的红竹算盘，它们铮铮地响，滴滴地转，哗哗地流泪，你看了会笑，会怒，会酸，会乐。

疏雨轻轻地滴在帽檐下，你就是那个线装书里的才子。我送你一尺蜀绣，蜀绣上的画面是清朝光绪年间的京城地图。明清的北京城，“当当当”几声锣响，天干物燥，小心火烛，城隍庙、护城河、万福寺、昆山腔，写在纸张上的娟秀字迹真像是鱼儿吐的泡泡，记载的却是陈谷子烂芝麻的事儿。

汉朝的竹简，宋朝的烟雨，读者秀才们的眉批颜色均匀、色泽红亮，既有七十二条大街、三十六条古巷的老气，也有明朝青州府南关马家疃这样怪癖拗口的地方的野逸。深檐板门的明清式建筑书房里住的就是这些写方块字、读线装书的可爱的秀才。虽然不可能去读孔壁藏书、居延汉简、云梦秦简、长沙马王堆汉简及走马楼吴简，但他们是懂得下棋和逗弄鹦鹉八哥的，有一种乐陶陶的性子，玩就玩得过瘾，走马楼台，逞弄才气。

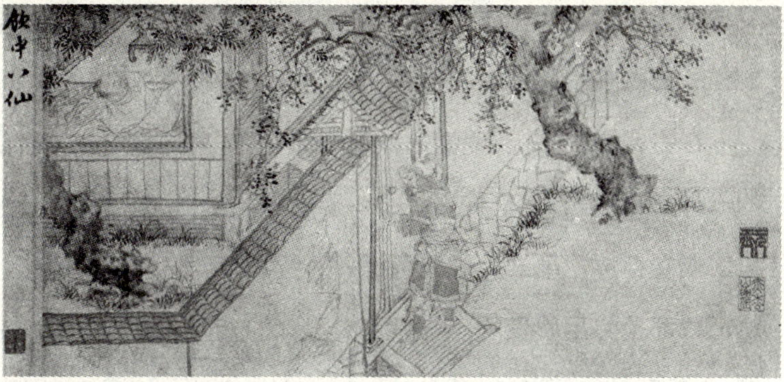

〔明〕杜堇 古贤诗意图

司马迁《史记》里的那条书虫，雅致的读法就是“鱼”。才子们研究古人对于节气说创出的那些春分、谷雨、夏至、立秋、白露、谚语，写八股文，玩琉璃球，比蟋蟀，赛酒量。就像这“鱼”一样知趣，懂得满足，与世无争的样子。文章酸点无妨，笔墨淡点有味，鲜鱼口、菜市口、煤市口、粮食店，总有他们找乐子的圈子。才子们像裁缝一样，搬着旧书，念叨着，缝缝补补的日子却也使他们更懂得书里的乾坤。

从字典里寻找鱼的各种写法，篆书、行楷、狂草。古旧的书籍里书鱼们贪婪的笑意与醉态、憨相，它们在小溪和泥水里舞蹈，大海只是虚无，这些汉字里的虚空、浩渺的时空限制着鱼儿的身体、意识、筋脉、神经。把书鱼紧紧包裹在线装书、酒壶、盅盏、香囊、剑鞘、空城里。

竹简约起源于西周后期，一直沿用到公元 4 世纪。竹简除以竹制成外，也有用木者称木简。书鱼隐藏在竹简和楠木里，它想变成凤凰栖居梧桐树里。凤凰，孔雀，还是才子佳人，苦恨和爱惜的样子都藏在竹简里。两只鱼儿就这样相濡以沫，互相取暖。

在古代的帛书上，爱情的故事依然存在。帛书是略晚于竹简的一种书籍形式，它是将文字书写于丝织品上，其装帧形制是缝边后成卷存放。帛书上的战争、祭祀、贸易、利益、君臣、夫妻、仕途记载都是弥足珍贵的。一只锦衣玉食的书鱼，拔剑四顾的茫然，心猿意马的惆怅。

寸心凭燕足，尺素在鱼肠。栖居在佛经里的鱼，灯花里的鱼，面对的是线装书的世界里光滑的四壁，漏雨的茅庐，寒碜的衣襟，酸腐的感遇。

一册线装书，一个糊涂仙，绿肥红瘦，何必挑挑拣拣，摸摸索索，颠颠倒倒。穿上你的长袖衣，温好你的梅花茶，读来就是。

有了纸以后，人们为了防止虫对书的咬噬，常在书里放“芸香”，后人便用“芸帙”、“芸编”、“芸签”等代称书籍。线装书是有这种脂粉香的，沉香浸渍着汉字笔画，甚至每一个复元音、每一个标点。书鱼在这里往返来去，杳然天地之间，春风满面，人生得意。帝王的批注，将相的朱印，王侯的评点，墨水和脂粉都涂抹在书鱼的心上，穿林过水，腾云越山，这些线装书里的鱼儿像竹子一样虚心、勤恳、虔诚，有慧根。

天地之大，人心之小，读线装书须得穿长袖衣服，喝清淡茶，写秀气的情书，糟糕的小楷。既要懂得英雄儿女、江湖好汉、绿林英雄，又要懂得相夫教子的款款深情。

阅读古籍，常翻线装书、锦罗画，你也能找到宫廷印刷的《耕织图》、《南巡图》。画儿刻印十分精良,其装帧采用经折装,所不同的是开本约一尺见方,封皮用厚纸板裱以黄绫。鱼儿睡在线装书里,锦罗段,玉玲衣,狐裘装,御寒袈,寒暑易解,温饱十足,年复一年地阅读和啃着这些书里的笔墨,文字。耕织,南巡,听戏,玩水,尺幅之小,云雾缭绕,鱼儿的头脑和智慧放弃了进化。线装书里的美感与恩爱,都是山转水转,云转风转,没有恒常的道理。阅读线装书,需要有鱼儿一样的聪颖和智慧。线装书记载战争、盟约、条例、典礼、赏赐、任命等政事,风云诡谲,难于言表,线装书里的墨迹和落痕就微妙地点染出了这种紧张气氛。

从南北朝到隋代的宫廷藏书中,各种拓印件是一个重要的类别。从拓印到线装书,一只生活在线装书里的鱼儿,从出生到死亡,它都是线装书灵魂的一部分。这些书虫一样的鱼儿在线装书里望着大千世界,每一个模糊的字迹、磨损的符号,都影响它们的记忆和性格。一只鱼儿用几百年的时光,藏居在一个明眸皓齿的脂粉女子手中的线装书里,序文、跋语,以及墨色、藏书印章、刻工记载,都是它们之间的前世姻缘。这些谜语和谶纬,描红和朱批,连着文字的筋络。长袖的秀才逛完北京城的大德寺、戴月楼、盛音堂,淘几本廉价的线装书,挽挽衣袖,喝点水酒,弄点风月,然后像鱼儿一样睡着。时光荏苒,只有线装书里的鱼儿醒着,看着浮云流水,皇天后土,宫殿起伏,山河起落。不知五味的线装书里的小鱼,感触寒暑变化,水温冷热,就这样等待着它的梦乡。

纸张发明后,出现了一种拓印形式。它可以将各种石刻文字复制在纸上，经裱装成卷后便于保存和阅读。后来这种方法又用于青铜铭文的拓印。鱼儿和这种文字都成为化石，没有卿卿我我的自在了。

最有味道的线装书是手抄本的线装书，影印也无妨，但须是手抄本的。印刷本的线装书滋味太酸，读来味同嚼蜡。女儿家的闺房藏的线装书除却风流韵事、才子佳人、状元娶亲、龙女报恩之类，最珍贵的还是大户人家小姐绣着娟秀字迹的手抄本。至于印刷术，它与这些梳妆匣里的书鱼没有直接的关系。印刷术指向的那个地理世界，与小女子手抄本的情思没有干系。闺房的线装书里有小姐们细细的字迹，有勾勾点点、圈圈画画、描描红红，是需要背着地主老爷插紧门闩让丫鬟们通风报信才能读的。鱼儿们在这些脂粉生涯里，思考着宏达的世界、飞翔的鸟兽，温习着丫鬟们的闲言碎语、小姐们的嬉笑怒骂。

〔明〕缪辅 鱼藻图

中国印刷术很早就经新疆传到中亚一带。新疆吐鲁番古遗址中曾发现大量古代印刷品的残叶和碎片，这些印刷品是由六种文字印成的，分别为回纥文、汉文、梵文、西夏文、藏文、蒙文。世界太大，然而线装书里的那些血统纯正的书鱼却不需要这么多的文字和知识。线装书钟情古代的阁楼、藏经楼、江南的天一阁、皖北的古旧书斋、徽商的私人书坊。它的世界是有限的，手稿的抄写，手工的装订。鱼儿不出方寸之地，却知晓人心深浅善恶，人情厚薄冷暖，这就是读线装书的好处之一。

线装书读得清苦，这种考究的书籍怎么能轻易地弄懂？书里的学问太深，秀才们也是恍兮忽兮，云里雾里，七上八下。摆放在檀木书架上，才子们要在困倦入梦的时候才能真正进入线装书的世界，耳边燕语呢喃，远处闹市酒楼，账房先生拨弄算盘，无聊地敲打着盘子，念念有词，这才是读线装书的时候。黄粱一梦，身体的酸楚与疲倦被酒楼里的五味佳肴冲散了，酒过三巡，梦醒了，才了悟了书里的繁体字，字里行间，笔画端庄，波磔势少，儿女情长，风云气盛。

字纸连心，心心相印，这句话其实是指古代的线装书世界里的姻缘故事。书与字纸，纸张与笔墨，批注与书虫，时间与性情，它们存在着缠缠绵绵的联系和错结。那聪敏的鱼儿有我注六经的慧心，也有在纸页上描摹绣像的机灵。怎么说长袖秀才都是白面书生、无情薄义、负心郎君，这只是不读线装书的人的怪僻。只有小鱼儿知道字与纸、情与爱的关系。古代的佳人弹奏箜篌与琵琶，拨弄琴筝，鸿雁锦书也是情有所托，笔意纤柔，字体可人。明以前的印书字体，多选用颜、欧、赵等名家书体。明初开始，书籍用字一改传统风气，改用横平竖直、横轻竖重的匠体字，这就是现代书籍。但线装书的字体则是随性而来，影印本线装书里山僧、野道与歌伎，小女子的啰嗦心事，西门大官人的风流，鲁提辖的勇猛躁动都是有迹可循的。线装书不是书鱼的化石，它生动无比，是有琥珀香的美酒，醉英雄美女、小人君子。笔墨世界，线装书内，就是风雨变幻、悲喜交集的江湖。

宋代印书多用麻纸和以竹为原料的玉扣纸。元刻本常用竹纸或皮纸，比宋版用纸稍黑。明代印书，前期多用江西棉纸，后期多用竹纸，晚期盛行毛边纸。清代大多采用桃花纸，但在实际应用中，几乎以前所用的各种纸张，清刻本中都在运用。所以读清朝的线装书最有味道。书的底面多用上等宣纸，画芯四边裱以素色彩绫，轴外裱以锦缎。鱼儿悠悠然、乐陶陶地游在桃花之间、山水之间，青草的痕迹就在字纸间留下了绚丽色彩。书里的乾坤，文字的玄妙，襟怀的洒脱，脾性的痴愚，都是这玉扣纸、桃花纸、锦缎彩绫上的童稚。

宋元的古书，已经颇为考究。元代北京印刷的《秘书监志》一书中，记有裱褙匠焦庆安的打面糊物料配方：黄蜡、明胶、白矾、白芨、藜篓、皂角、茅香各一钱，藿香半钱，白面五钱，硬柴半斤，木炭二两。游荡在野史和谣言中的醉醺醺的笔迹，缠绕着混浊的溪水、水墨色的纸张，还有这黄蜡、明胶、白矾、白芨、藜篓、皂角、茅香的气息。读书人不知五味，秀才们抱着线装书不闻窗外之事，在如烟史册里，时光的长河里，像一条鱼儿一样。这些书鱼摇摆着鱼尾，游来游去，摇首晃脑。在墨砚和泉水里游泳的鱼，知道线装书的古奥、笔墨生涯的艰涩、软囊的浅薄，在这尺寸见方的线装书里冥思苦想，寻找参悟的方法和契机。它比一只昆虫的生活更复杂，繁衍，捕食，猎杀，冬眠，被无穷无尽的汉字和身份、名望、厚薄、利禄纠缠着。鱼儿在啃书，吞噬着每一个偏旁、部首、音节、字母、元音、辅音、儿化音，这些呢喃和沉吟是鱼儿在线装书里的点化和妙悟。它们懂得硬柴半斤、木炭二两的生活。鱼隐居在各种彝器、乐器、兵器、度量衡器、铸币、铜镜和金属印章之上，无论时间怎么变化，它都游在自己的一方世界，寻找那梦中翠绿的衣袖，一寸红香。

元大德年间刻印的《梦溪笔谈》一书，被明清读线装书的长袖秀才翻印，这是一本书鱼的梦境的故事书。元代的蝴蝶装书籍中，出现了一种开本较大、版芯较小的书籍装帧形式，这是前代所少见的。《梦溪笔谈》这样的线装书里，鱼儿在繁体字与标点符号之间辗转反侧、迷迷茫茫、战战兢兢，天地如此之大，鱼儿看不清真真假假、虚虚实实、反反覆覆、色色空空。已经不再是《诗》、《书》、《礼》、《乐》、《易》、《春秋》的时代了，线装书里的故事太模糊、太隐晦，鱼儿也迷失了。

宋体字萌芽于宋，因还不成熟而未能推广。明成化年间，国子监、经厂的版本中，开始使用宋体字。至于宋体字，晚清的长袖书生都知道它已经不再适合谈情说爱了，八股文的出现正说明它的呆滞和刻板。你难道还会使用宋体字给心爱的人写封家书么？小心那些读线装书的秀才们也会骂你榆木脑袋的。

线装书是精致的，华丽的朱砂和红印都是要红白手指句句点评的。它需要长袖秀才怜香惜玉、万般小心才能读懂它的心思。明代孙从添在《藏书纪要》中说:“订线用清水白绢线双眼订结,要订得牢揪得深,方能不脱而紧,如此订书乃为善也。”制作线装书当然要用清水白绢线，清水洗去那些纸草文字上鱼儿的叹息和身上的尘埃,白绢线紧紧地将字纸订在一起。在宋代最有名的手工作坊里,安徽宣城的“宣纸”,浙江嘉兴的“田拳纸”,湖北的“蒲圻纸”,江西抚州的“草钞纸”,四川的“蜀笺”都有这份敬惜之心。书里的鱼儿,心里的佛祖,穿长袖的秀才岂能辱没这些线装书的清白?

我们就是线装书里的一条鱼，那是庄子的鱼，睡梦中的蜉蝣、蝼蚁,说梦话,听评书、鼓词,逛街巷、酒肆,看杂耍、牌局,嬉笑怒骂。春天的时候那只鱼从经文里苏醒了,遍地的黄花绿草,郁郁葱葱的美景,褐色的线装书中墨色氤氲,怡然苦乐的青鱼在梅花篆字里游来游去。

嗨嗨,你就是一个穿长袖衣裳读线装书的痴鱼。

大地悠悠

古代的中国，下雨的天气，失去灵魂的旅客，急急忙忙地穿过河泽之畔的粟米丛，就像我们在都市里撑伞等候公交车的那个瞬间的焦虑、怅惘一样，定格在某年某月的书写记录之中。如果我们能够回到汉代的雨天，那么我们会居住在旷野还是城市呢？

在那些古代的大地上，雨水从古中国的汉水一直向东南倾泻，长安在下雨，祈雨师在夜读，这就是东方的精神世界。它为你开启前世的记忆以及先知之门，古中国的精神世界将从此与你手中的甲骨文再续前缘。

招魂

古代的帛书、竹简、木牍、用篆书雕刻的碑文之上，你的双手可以穿过青色草丛触摸到骨骼清峻的甲骨文。甲骨文字体修长，仰首伸脚，波折弯曲，宛如鸟羽。而古代粗糙的石碑多是长方形，螭首龟趺，淹没在田野的泥土之中，烧毁的字迹只供游猎的看客玩赏。

汉字写在帛书、丝布、羊皮卷、牛的肩胛骨、青铜器上面，书写的形式和意义奠基的时代，古汉字的源流确实混沌不清。无论是湘楚流域还是荆州之北，龟甲和兽骨脊背上镂刻的甲骨文具备一种神秘主义的古朴气质。在汉水流域浩荡平坦的河道，甲骨刻辞细瘦的笔迹呈现出支脉错杂的形态，汉字的形体，坚硬的甲骨，孕育母语最初的质地和品性。

博物馆中的甲骨有着新鲜的刀痕和古拙的字迹，带来古代荆楚之地两岸谷粟的绿意和氤染的墨色。青铜器上的饕餮笔痕，陶罐上浮刻着朱红色的三角纹，色泽均匀地分布在器皿全身。黑色的线条和红色的陶土背景相映。鼎、簋、敦、盏、缶,古代日常器物之上的文字残篇在水墨色的丝绢上安然接受着阳光的照射。残损的甲骨安恬地躺在木质的地板上,咸湿的泥土气息、清远的花粉香从稻浪中吹来。古人摩挲着洁白的纸张,等待墨汁与流水渐渐合体,书写的本质意义就呈现了。在水墨色的时空里,笔触微微抖动,就像是轻轻的呢喃和细语。锋利的刀刃,熟练的章法,在纸张与肩胛骨上写下农事、节气、祭祀的祝词。每一处刻痕都带着母语的挣扎与膜拜。

古人的碑文、丝帛、鱼纹,它们构成书写本质意义的终极祭奠。碑文的孤高、清傲与张狂,是中国的汉字的原始精神。在这条语言与文明河流中,汉字是蛰居在泥沙中的一片甲骨,神态肃穆,古色古香。

古代的地图上汉水源出嶓冢山,东流经沔,河谷宽阔,两岸丘陵绵延。汉字的锋芒切开荆楚大地的山峦,河道奔流壮阔,龙族的血脉如今平静地流淌在野草和砾石之间。朱红的衣襟鼓荡,青色的山脉层峦叠嶂,地脉起伏,青青的山岭穿入云霄,荆楚流域河流奔腾呼啸,宽阔的水面一马平川。荆楚大地,古人鲜冠组缨,朱绘花纹,绛衣博袍,耳闻鸟语、花朵的呢喃;两岸水泽密布,野花成群,招蜂引蝶,稻花清香随风远去。古人勒住车马,焚香擂鼓,卷起衣袖,望着巍巍的山岭穿越云霄,站在高山的绝岭,古人嗅到了花萼的清香。沾满泥土的衣襟,古朴陈旧舂米的臼窝,湍急的流水,丝竹的天籁之音,虫鱼鸟兽的细语,墨色的甲骨,这就是汉字书写的最初语境。

千帆过尽，古代的流水冲洗着竹简里沉淀的丰年稻花之香。在汉代的残留竹简和帛书的夹缝里，箭矢的锈迹和江汉流域的水稻清香，被云岭中的水汽带到潮湿而闷热的南国，汉字的复杂性格沾染了楚地的激烈和神秘。在汉语言的中心腹地，楚地山岭盘亘、河泽密布，纸张上的残香，古汉字的冷峻，浓烈而细腻的色彩布满伏牛山、桐柏山、秦岭、汉江之间的腹地。

纸草由古代荆楚之地的芳草、稻花、粟米的颗粒组成，每一个汉字都在这里找到了栖身之地。布帛上的汉字严整瘦劲，曲直粗细均备，笔画多方折。就像将古代的地图山泽水田在一张布帛上展开，连绵的青山纵横百里长路，一派鸟语花香，汉字百体杂陈，骨格开张，不乏有放逸之趣。洁雅的纸张，江南水土淘洗的绿色竹笔，一笔一画写在缟素之上，或者用竹刀刻画在黑白色的甲骨上，汉字的骨节筋脉总是纹理清晰，气韵生动。这种汉字的野性、骨力、性格与山川河泽的习性、心灵构成了古文字的精神气质。

古代的地图上，汉王城筑于沙帽岭山北麓。鄂西北、豫西南、秦岭、巫山以东，汉字栖居在群山之巅，古代的笔墨章法取自草木、稻花、日月的光芒、鸟兽的足迹，它们拥有自然界本真的生命状态。汉字的灵魂隐匿在钟鼎文的沟壑之中，河流奔腾而下，陶土色彩的泥岩在流水中溅出七彩的红黑绸带。草丛和野花中被雨水侵蚀的兽脊骨，陶土上的图层、角纹、沙粒，哺乳着象形文字。

古代汉字的神秘色彩和其构形的意义。汉字的骨气因此在

〔清〕卞文瑜 山楼绣佛图

纹路中伏脉千里，风骨铮铮，方正磊落。虎豹纹的汉字风骨清俊，亦有和谐的静谧之美使人感到字形的流动。碑文上的刀刻的新鲜划痕，鲜红的陶瓷，飞舞的线条，生命的飞动之美使得后人的临摹闪现灵性之光。在古代虚无而神秘的世界，甲骨文是汉语言的生命本真形态。每个汉字姿态万千，笔画纷繁，刀法有锐有钝，骨质有细有粗，或纤柔，或悲怆。象形、会意、形声，汉字的每一个特点都像山冈旷野的花蕾一样饱含生命力，凝聚在古人的诗词章句里。荆楚流水，冲洗着甲骨文上的刀痕和笔迹，清洁的汉字骨力挺拔筋腱细密。虫，鱼，鸟，兽，古汉语的神秘语境感性的一面裸露在朴素的纸张的筋脉里。纸草之上，万物有灵，整个自然界的生命哲理凝结在汉字的笔画里，我们的母语因此获得了健康的肌体。母语的每一个音节、字符、笔画、书写意义从荆楚流水与群山岭地中寻找飞鸟足迹、万物踪影的古人那里得到哺育。汉语的灵魂隐藏在笔法精炼、简繁勾画构筑的古文字体内，它的力量和精神渗透到古人的生活世界。汉字的形体取法野草、群山、流水、日月、土木形骸，飘逸如飞鸟的羽翼，古拙如钟鼎文的刻漏。古人身临高岗，站在流水之上，击打石器，百兽率舞，每一个动作，每一次敲打，母语的韵律和节奏感逐渐明朗，金石之音铿锵有力。

中国的汉字、帛书、甲骨文、钟鼎文，孕育的是一条文明的血脉。黑色的碑文，古雅的临摹，每一个汉字的骨骼、形体在寓言之中变得混沌，在文明的激流之中不断地杂交与混流吞噬着。甲骨文在祭奠与临摹的不同姿态和寓言的传说之中，它是一种精神的演化。站在古人的碑文之前，读着细若粟发的碑文、黑色淋漓的墨痕，让人容易在对母语的贴身体验之中丢掉常识。当你在汉水流域的群山中轻舟涉水，渔民樵夫，汉代的书简，田青、淡棕的缟素，古文字的浓墨重彩，火耕水耨，民食鱼稻，渔猎山伐的时代成为地图上被蠹虫们腐蚀的地方。古代的竹简、木牍、钟鼎文、甲骨文，它们的姿色与汉字的本质同源。古代的碑文，玲珑的甲骨文，丧失了光泽和釉彩的碑帖，犀利的刀法，新鲜的笔画，流畅的线条，古意盎然，风骨挺拔。钟鼎的篆字，楚地简帛上的隶书，一笔一画，纵横捭阖，宛如河道在江汉流域岭地分蘖、交汇，奔流浩荡。

给我纸帛和缟素，浓墨与重彩，写我中国方块字，饮尽三千汉江水。

天问

一

古代的中国，天空是青色的。幽幽苍冥，皇天后土，便是天下。

中国幅员如此辽阔，山岭纵横，河道分蘖，南北古代掌管钱米的官员行走在泥泞的道路，连绵千里的山脉接着天宇。他们轻车匹马，风餐露宿，行囊中带着纸墨、粮斛，足迹南到岭南，东至大海，西出秦岭和函谷关，北出塞外。

天下粮仓，钱米为贵，中国历代的气候与天象紧密相连。面对青天，古代的天文官沐浴焚香，披星戴月地翻阅文牍书卷，磨墨挥毫，几案上关于气象、灾情、汛情的公文堆积如山。

读完中国历代星空图、灾害史、历代州府赈灾数据，你才能读懂这青天的意思。厚厚的文牍堆叠在罗盘下面，尘埃落满墨砚，白发青灯之下，古人宽大的衣袍拂去圭表上的墨痕。

水无定势，道无常形，中国古代赈灾的历史，同样是波澜壮阔、石破天惊。辽阔的大地上除了奔走着黄皮肤的剑客、紫黑衣的游侠、采撷药草的术士之外，还有风尘仆仆的朝廷钱粮官员。他们根据天文官的统计分析籍贯、丁口、姓名、年龄、田宅、资产，以及地方官员的汇集数据，然后制定赈济灾民的对策。

天下九州，夏禹时期，大禹铸造九鼎图，六合之间是古代的城池、村落、田野、天下子民。中国幅员辽阔，车马辐辏，星落如雨，府志中记载的风暴、潮灾、地震、疾疫、火灾，先秦至明清历代水、旱、潮、震、虫、火、疫灾等灾情的记载密密麻麻，这是相当惊人的。历代官方文献统计的赈灾情形记载了古人关于天象与星空的终极思考。

二

苍天在上，举头三尺有神明。历代赈灾的历史都是值得书写的。

古代的赈灾钱粮车队排成长长的队伍，或盘旋，或呈燕尾阵，或呈之字形，慢慢地穿过河道、山谷，押运官更是心急如焚。这么长的车队翻山越岭，要经受暴雨烈日，到达赈济的地方往往都已是身心憔悴、疲劳不堪。而这样的车队却总是能这样艰难地走着，驶过山道，转过山梁。天灾不会停息，车队的车轮也不会停止转动。就这样，翻开史书，几千年的历史朝代的山乡，你总是能不经意间与这些钱粮车队相遇。或去兖州，或辗转洛阳，这种泥泞而沉重的路途，考验的是这个国家的耐心和韧性。

古代灾害名目种类繁多，地震、水灾、旱灾、蝗灾、疫病、暴雪。汉代延熹八年、京师地震，延平元年，司隶、兖、豫、徐、冀、并六州洪灾，顺帝永建四年，饥荒、水灾并发……汉代的灾害分类统计数据写满纸帛，密集度和破坏程度更是为国家赈济带来巨大的麻烦。

“天子布德行惠，命有司发仓禀，赐贫穷，开府库，出币帛”，这是历代天灾时期赈济灾民的一般方式。宋代董渭说：“赈济者，用义仓米施及老、幼、残疾、孤、贫等人，米不足，或的、散钱与之，即用库银籴豆麦菽粟之类，亦可。……救荒有赈济、赈粜、赈贷三者，名既不同，用各有体。”翻开中国的历史，历代行程的赈灾思想和苍天这个词语紧密相连，不可分割。

汉代的天文官跋山涉水，他们按照星空的样式绘制天下河流、州郡的地形图。地形图与州府郡县的农业分布、历年的灾荒、流民的文献记载都是掌管国家盐铁、钱米的官员赈灾之时的主要参考。有了这些资料，他们对天时、灾害、人民生存的理解又有了新的发现。这种古代朴素的赈灾思想，透露出仁义安民的思想。妇孺老小、鳏寡孤独废疾者皆有所养，这是古人的政策出发点。

三

问天，是指古代天文官或者术士观察天象，分析星图，占卜问卦，祈求天下九州雨水充沛，天下太平。

古代的皇帝五色土祭天之前，就是占问天时。

读过汉唐时期的历法书，古代的星空图纸帛斑斓、水纹横生，交错蔓生的笔迹描摹的是苍茫的星空。在古人的时空观念里，天是世界的终极，茫茫苍穹，天有九道，四海之内，地有九州。古老的天文仪器依稀让我们看到了古代浩渺的苍穹那玄远神秘的一面。

古代的星空之下，九州方圆，尺规寸土，中国古代的马车、货币、文字、建筑都与苍天有着渊源。天圆地方，古人抬头望见云彩、星辰，文武百官穿着五彩缤纷的衣服，向天叩首、祭拜。

〔明〕程嘉燧 孤松高士图

历代官府州志留下的公文数据说明，天下之大，治理之难，超出了想象。中国古代社会以农业立国，耕种收成很大程度上要取决于天时、气候。灾荒之年，气候干旱，作物歉收，辽阔的大地上，青衣的百姓朝天而拜，衣襟上沾满了黄色的泥土，三拜九叩，祈求雨水的降临。

古人的生活中，天是神秘的、仁爱的、公正的。天下九州的河道纵横交错，山脉起伏连绵。天空如棋局，黑底白字，纸墨飘香，古雅淡朴的色彩像是古代天空中的云彩。

中国古代天文理论家在讨论天人之间的关系讲究一脉相生。古人疏浚河道，修筑城池，修订历法，编算历书历谱印制颁发，充分重视天时与耕种、吉凶问卜之间的关系。

古人注重天时，中国也是最早使用计时器的国家之一。日晷、漏刻、唐代天文钟、宋代水运仪象台、元代大明殿灯漏等大都与天文仪器合而为一。日晷由铜制的指针和石制的圆盘组成。铜制的指针叫做“晷针”，垂直地穿过圆盘中心，起着圭表中立竿的作用，因此，晷针又叫“表”，石制的圆盘叫做“晷面”，安放在石台上，呈南高北低，使晷面平行于天赤道面。

除了更为人所熟悉的日晷、沙漏之外，古代的浑仪是更为神秘而特别的一种天文仪器。

汉代天文家张衡在《灵宪》序文中一开始就写到了制造浑仪的依据——“昔在先王，将步天路。用定灵轨，寻绪本元。先准之于浑体，是为正仪立度。”尽管古人对天地的看法是抽象玄虚的，但是古代天文官寥寥几笔，却清晰地写出了悠悠苍穹之下，天、地、人之间的源流。

古代的浑仪,这神奇的天文仪器,它的出现和发明是为了正确理解天人之间那种法度。西出函谷关,车不方轨,马不并辔。东临绝涧,南接秦岭,古人登高望远,观察天象,他们相信天象与国家命运有关。天下,这个词语,它是指古代中国灿烂夜空之下的方圆大地。阅读这些古老的地图,你会看到中国农业史上那些惊人的天灾,比如洪水、干旱、蝗灾、暴雪。而这些灾害天气与百姓的生存、国家法度、规仪紧密相关,在国家的版图上,都用朱笔圈连起来,由专职的官员整理、分析、评议。

四

祭天，是中国古代国家祈求繁荣昌盛、五谷丰登的一种仪式。

古人奉天时,守地利,古代天子或诸侯在农历岁首于郊外举行籍田礼时祭祀。

公元前 1125 年，周成王将都城从丰京迁移到洛邑之前,第一件事情便是问天。古人视野中的天宇是神圣的，古人观测天象,分理水路,春耕播种,祈求甘霖,他们认为上天有好生之德。雨水从青色的天空降临到四野的河道、马路、街衢、水田,古人的衣食住行都是和这神秘的天遥遥呼应。

天似穹庐,茫茫四野,青色山脉绵延到大海。辽阔的大地上,天文官和满朝文武官员都为赈济粮米的事情而忧愁满怀。历朝历代的官员都在这片土地上有一套繁杂完整的祭天规程和仪

〔宋〕马远 对月图

式。古代的天子在冬至日祭天，祈求风调雨顺。因为古人认为天属阳地为阴，祭天之坛当属阳性，以应“干天”之“丙火”方位之说，象征着古代传统文化思想中的阳数天象而确定的。

古人注重耕织时节的选择，观天象，祭神灵，光从天空照临四方大地，雨露从鸿蒙之际而降，他们的生活在辽阔的大地上，或晴耕雨读，厉兵秣马，或仰天长叹，一身青云。

“天有六气，降生五味，发为五色，征为五声”(《左传·昭公元年》)，禾苗是青色，苍天是青色，古人文献记载的三垣二十八星宿，在中国传统天文学宇宙观念中，历法授时、天象观测、春耕祈雨是处于一个循环的世界。历代国家都将天时、农商、耕织、水利、治理作为发展的根基。秋水时至，百川灌河，中国古代的赈灾与救济，都是与头顶上的青天紧密相关。雨水洒落在青色的山脊上，古代的天文官夜观天象，测算星辰黄道、季节周期、耕种吉日。史书记载了古人对来自浩渺苍天的敬畏之情，皇帝奉天旨意管理国家，天下子民择天时而耕种，这样一年的春耕才能有吉祥的节气时日。古代的天文官劳碌一生，就是为了谋得这一天时而耗尽心血。

汉代的大司农专掌国家仓廪或劝课农桑，多种租税赋敛都由大司农收取。在灾荒之年，掌管钱帛的官员还必须迅速地对天灾做出反应，制作赈济灾区的策案。古代交通落后，山南水北，幅员如此辽阔的中国，赈灾一事是国家头等大事。从京城到河南、山东、岭南，绵延几千里的大地上，运输赈灾钱粮的车轮滚滚，黄土地上奔走的是衣袍脏旧的朝廷官员。古代生产力落后，祸乱相承，灾荒连年，这就需要人们同舟共济，掌管御用纸、墨、笔等物的守宫令，掌管刀剑弩机等物的尚方令，掌管衣物的御府令，一切国家力量都会被动员起来。

春秋时期的《周礼》记载的关于中国古代赈济思想成为理解这种关系的线索。“大司徒以保息六券万民，其保息六券是：一曰慈幼，二曰养老，三曰赈穷，四曰恤贫，五曰宽疾，六曰安富。”这种养恤思想对中国古代的救灾政策和措施影响颇大。这是古代赈灾与救济思想的萌芽时期，这也许就是理解古代国家神学政治与灾荒危机年代的主要入手点了。

皇权之上，是悠悠苍穹，而恩泽大地的甘霖就是灾年的鱼米。妇孺老幼皆能得其所养，这是中国古代所有朝代的终极政治理想。

五

天变，是指古人所说的天裂、天鸣、久阴、昼晦。

读过古代的星空图，浩如烟海，茫茫一片云雾，好像怎么都看不透、摸不清。深夜披衣起来读书，总是能在灯光中看到那春秋时期的纵横家、为国事奔波忙碌的官员披星戴月在中国古代泥泞的大地上，赶着马车、披着袍子、翻山越岭的身影。

古代皇家天学机构的负责人及其属吏都是政府官员，他们对如此辽阔的国家版图的理解都带着一种敬畏和虔诚。赈济灾区的钱粮往往是水陆并发，十万火急，朝廷直接任命人员派遣督促粮草，各州郡县统筹调集钱粮。复杂的自然地理环境、政治社会因素影响下，国家赈济已是疲于奔命。

古人说，天下的道路千千万，我常在夜读的瞬间，想起这古代地图上的民居、城市、村落、山谷、河道、丘陵、山冈，它们的标记都是简洁清晰的。赈济百姓的钱粮车队在山路上慢慢地行走，翻过一座有一座山，蹚过一条有一条河流。那种互助互济、患难相恤的精神，让我感觉到我们这个民族的韧性与耐心，那份沉重与襟怀。

放下书卷，常常想到古代策马风驰电掣来往于南北大地的赈灾粮队，那浩浩荡荡的长阵。穿着宽大的衣袍、戴着五彩的峨冠、衣带飘扬的天文官乘坐云雷纹的马车，遍访九州，询问灾情，绘制图表。汉代或者唐宋的天文官，他们跟随赈济灾民的车队，探查灾区，风餐露宿，在灯光下渐行渐远……

鬼雨

关于古人求雨仪式的章节是一件神秘的事情。天文官和农夫、皇帝、黑袍白发的祈雨师焚香沐浴，在晨光中更衣洗尘，从红色锦囊中取出禾苗的种子与五色土。祈雨的术士剑光闪闪，黑衣红袍的人群站在山脚下，准备迎接苍天的甘霖。

深夜阅读春秋墨家或者农家的嘉禾谱，我常常会想到邯郸的粟米、齐鲁的美酒。春秋时代的粟米有醉人的清香，鲁国酿造的美酒用的是青铜钟鼎澄清的雨水。这样甘甜的雨水来自中国古代那天青色的苍穹。冰凉的雨水，黑色的夜空，干燥的时节刚刚过去，祈雨师带来清醒人心的甘霖。

春秋时期的祈雨仪式也许是中国古代的农耕史上最具有传奇色彩的仪式。祈雨师的身份是相当特殊的，他和天文官在灾荒之年是以一种虔诚的术士的身份出现的。除了巫师的念词作为仪式的起始，整个过程都是由象征天人之间联系的宫廷天文官和祈雨师来完成的。

如果你能遇到通晓百草的神农氏，或者白发

三千丈的天文官，就可以对这古代的雨夜有更亲切的理解。那样的雨水将魏国的都城、齐鲁的村野都连成白茫茫一片，千里的粟米百里清香，中国历代的读书人心里都有了这种健康的气息。吃着这粟米，写着方块字，祈雨师的传说和意象就更扑朔迷离了。

在江南夜读，时常想起曾经去过的明清藏书楼。黄昏时分，一盏青光，进了藏书楼，便去寻找蜀中的祈雨师、齐鲁的术士。春雨时节，读中国古代的画卷，常会想到黄帝陵那棵孤独的禾苗。那些古代的书本已经太久，一字一句地读起来，总是倍感吃力。中国古代的夜晚，赶路的秀才太多，太拥挤，从江南到京城，山岭太多，艳遇、诡异的劫案、公案太多。常常让人焦头烂额地读完一个朝代的农耕史，对那种耕种方式、读书之道有着切肤的痛感。记得两年前在一所寺院里静居读书，沐浴之后，焚香净手，翻开魏晋的志怪小说，读到夜半之时，经卷阅毕，对着古代的绣像小说和线装书饮茶，突然就闯进了雨夜，雨水狂暴地撕毁夜色，古代的夜晚总是这样在凄伤中迎来黎明晨光。

古代的夜空，西蜀之地，雨水是白色的，光是黑色的。从陕地高山到更远的蜀道，古人怀揣着一片慈悲。古代的旅途漫长，常常下着雨，暗夜里借着灯火看到远处山冈的禾苗那绿色的光泽。川陕蜀地，八百里青色禾苗，衣袖上依稀是夜雨白雾。春秋的嘉禾摇曳，粟米青青，美酒飘香，往来战国东西大地的剑客、阴阳家，他们黑白相间的衣袍、黄色的珠玉、青色的佩饰，碰撞着车马的辕木，这是中国雨夜里最富有诗意的声音。

春秋的雨水总像是红衣朱颜的笔仙勾勒的青丝线，歪斜着，像是鸟雀的痕迹;汉代的雨夜,则更多了一些躁动,书生们争执不断,他们似乎都是生活在一个封闭的盒子里,只有下雨的时节才会抬头看一眼这天空。古代的祈雨仪式总是在这电闪雷鸣的瞬间拉开序幕。阴阳师用符水和献祭撕开天幕,灰色铁剑,猩红朱砂,水汽蒸腾而上,商朝的山野上埋葬了迷路的中国游子。山下开满的野花和青青粟米,祈雨师穿着迷惑鬼魂的锦袍,手持金牌走上祭坛,有一种悲伤的气息弥漫在雨水中。那黄帝陵上的孤独禾苗,在这宇宙浩渺的苍穹下,在冷清肃穆的暗夜里发出碧绿的光芒。

出世的术士,携带汉江的水土,用那青铜的鼎饮水的祈雨师一同进入古代的山岭, 守株待兔的民俗学家失去了可跟踪的线索。古人从春泥中拾取谷物的种子,带到鲁国,或者燕赵,藏在衣袖中,车过黄河,纸书相传,求问雨情,那是一种对山河嘉禾的敬重和渴求。如今,山河的灵气降临中国的大地,雨季来临,却是苦雨。

夏商周的祈雨师,在史料记载和记忆的空间,都属于神话的世界。传说中的祈雨师游学天下,舟车劳顿,穿越巴蜀,横渡长江,采药草,宿荒山,他们的形象是近乎抽象的。素衣风尘,清晨的风吹来,山岭葱郁,绿竹黄花,祈雨师背着竹篓穿越深谷,就像是现代水墨线条一样是可以在虚拟空间穿行的。但是这个精神空间, 确实隔着古代的渺茫大河与荒野, 不是现代人可以接近的。古代的天空,那种纯粹的蓝,或者明亮的色彩,如今已经不能模拟。江南的古寺,夜雨敲窗,开门即是深山,茶香袅袅,山脚下禾苗的清香随着山风吹来，投宿古寺寻求古人灵感、渴望获得漂流江湖的祈雨师的那种慈悲和大气，只是一种空无的幻觉。西蜀千里嘉禾，用夏商周墨色淋漓的象形文字书写的鸟羽书、虫兽痕，都是这祈雨师在雨夜触摸到的古代夜晚的骨骼和肉体，这是一个巨大的梦魇。

翻开中国的历史，就进入这漫长的没有尽头的黑暗雨夜，雨水打湿行人的衣襟，让人睁不开眼睛，如着了魔一般逡巡在宫闱血腥的权力场，淫雨霏霏，大地泥泞之中赶考的士子，奔赴春闱，总会在这黑色的雨夜迷失方向，掉进鬼狐美女的圈套。这样的雨夜，行人发疯一样地匆忙逃亡，只会掉进野史的角落，变成哭泣的小丑，脸上的浓妆混乱不堪，形影憔悴，衣带渐宽。磷火从大地上升起，月光清冷，汉代的游子素衣风尘，车辇辐辏，锦袍的皇帝乘车夜行，群马啸叫，村庄的婴孩梦中呢喃，祭师浓墨涂满绢本，祭台上红烛残花酒冷，星光刺眼，黑白纹衣袍落满雨滴。中国这漫长的雨季让人愁苦不堪，坐卧不宁，苍天如此，让人悲伤难以自矜。

汉字中的雨，它的写法也许就是祈雨师在雨季中守望嘉禾时发现的。商周殷墟的碎片中，依稀可以辨识的就是潦草的雨水从山脊上连绵成飘带，顺着城根，连襟三江水，点点滴滴的雨水，让这身着黑长袍、夜宿青山的祈雨师泪下如雨。天下嘉禾，粟米为生，百姓饥馑，这雨水是如此的珍贵。春秋时代的雨水洗净了粟米的泥土，排山倒海地涌向山岭，古代的中国的洪水是如此的桀骜高贵、不可征服，让历代的水利学家都为此长叹。

〔明〕陈洪绶 五浊山图

汉代的雨水落满车盖，匹马长策，长安以东是乌黑的残芙蓉、野露水。浩荡的古风从大禹岭越过，夜雨苍苍，红发黑巾，你和我黑夜里四目相对，看不清脸上的表情。打开书卷、地图，看看那雨夜的往事，风雷闪电、刀光剑影的瞬间，雨水中溢满的惊恐让人失态。雨声是撕心裂肺的、阴森森的、乱糟糟的。雨水吸着泥土，雨水清洗着黄土上的粟米，冷冰冰，色彩凄厉，骨骼清瘦，雨水湿了巫祝的黑袍和白发。病苦的村妇、红灯笼和鸡心玉，在这古代的夜雨中那种艳丽是如此的尖锐刺眼。

这是中国古代夜色中的苦雨，你尝一尝那滋味，黄帝陵上的孤魂禾苗，那种凄苦酸楚的味道，如今晕染了读书人的每一本古书。打开那历史的卷轴，雨水就淹没了人的视线。四海为家的祈雨师那苦楚的心，也在这雨夜失去了光泽。暴雨从秦岭向方圆九州东南倾泻，你会为这农耕史上最肆虐的雨水而愁眉不展。宫廷的天文官、皇帝、将军都一起在这个雨季失去光亮，纯净的光只存在孤魂墓碑的坟茔。

古代的祈雨师是我在读思想史的时候最为疑惑的一个职业。在夏商周，或者更古老的年代，祈雨师只是一种身份的虚构。祈雨师的身份与历代的水利工程、农耕史以及青铜工具之间并不存在内在的因缘关系。他以术士的身份出现在考古学家、民俗学家的文字记录里，潦草的笔迹似乎也说明他们身份的模糊、神秘，有一种幽玄、苍老的气质。他们似乎与竹林苍山为生，大济天下的旷世心怀便是如此。他们并不会正面出现在官方天文机构的人员里面，也不会以一个水利工程的提倡者出现，恍然之间，似乎只有在古典的札记、藏书楼的灯光、药草芬芳的雨夜，才能让人想到他们的存在。红袍祈雨师，或者在南山秦岭、湘水流域、东海齐鲁的石滩采撷药草的医师，似乎在古代的地图上处处都有他们的踪迹，但是却像云雀鸿鹄一样不可寻觅。他们只存在思想史和考古学家之外的一个世界。

南北朝的黄昏雨，从西山头落到寺院里，烟火弥漫清冷，仕女孤苦伶仃，雨水着魔似的，嘶嘶地，吐着明亮的光，雨水落在阴山石壁岩画，荒夜里奔跑逃走的动物不断地发出喘息。中国的雨季太漫长，车马不能前行，一切的局势似乎都是犬牙交错。雨水染了浓墨，湿了山头空坟、纸草上的篆字。雨水从古代中国的苍穹，如游龙般浸渍着水稻、泥土、麦茬与田垄。披散发的狐仙、丹炉青火的术士、九命莲花，还有那孤荒嵩山、凄厉的雨滴，都被祈雨师收进火炉。南北朝的夜雨淅淅沥沥，点点滴滴，五窍生烟的病瘦道人、服药石的剑士、殉情的九尾狐、孤魂野鬼、流离失所的人群，在这中国古代的夜晚横冲直撞，阴魂不定。

中国古代甲骨文，只有一个“谷”字依稀可以借着前朝的月光辨认。粟米借着雨水的滋润，从潦草的时光中萌芽，翠绿的色彩，墨纸的红灯笼，那灯光下的红衣人就是祈雨师。这样的一种想象和梦境常在我读古代史的时候会出现。史书里有太多的山、陷井、迷途、血腥，只有这祈雨师带着惊艳的色彩出现在野史里面，一道闪光，犀利地划破书页，没有身份、性别、字号，只为这山川河泽带来滴滴清水。古代的巴蜀之地，黑衣绿袖的粟米，那是祈雨师竹子背篓里的种子。古代的汉字就是一个晶莹剔透的珠帘，或者是朴素的草本植物，藏在祈雨师的袍子下面，为世间焦渴苦寒的耕种者保留一粒能够成长发芽的种子。祈雨师的白色剑锋，能够照见魑魅魍魉、幽灵梦魇，保护这禾苗的孱弱身体，将它埋于黄帝陵，春雨来临，重新焕发新的生命。而枯萎的颗粒则会化作黑泥，融入这蜀国的泥土。

沐浴在午夜的灯火下，尘埃从线装书里簌簌地落下，肩膀上的疲惫和酸痛随着书里的火苗起起落落。藏书楼的纸窗、木梯、经卷传出雨夜的诵读声，也许就是祈雨师在默念祷词。古代的夜读，萤火青卷，绿衣红袍，翻开线装书，读到的是阴雨连绵、叫苦连天、满地泥泞，让人昏昏欲睡，不堪疲倦之苦。漆黑的雨季，村野的灯火熄灭，只留下夜空黯淡的光泽、枯瘦的灯影，风卷着柴门，呻吟的声音常常让读着迂腐书本的人猛然惊醒。

古代魏晋的藏书楼，屋顶上覆满了青草，志怪小说黄卷赤轴堆满了几案。明清的藏书楼，线装书里还可以找到古代禾苗的根茎和血脉，隐藏在竹简或者书牍的纹理里。在殷墟和古旧的篆体字之间，楷书的年代也已经结束，只有这颗混杂在藏书楼桃花纸卷里的禾苗的种子，似乎刚刚酒醒，睡眼惺忪地直起腰来。古人的书，读得太久，这样的疑惑就越来越诡异。中国漫长的农耕史，历代的天文官在这样的正史之中，祈雨师的身份太过于晦涩。即使是逍遥九州大地的道家、冶炼金石的贤士、看破红尘的云游行脚僧的身份也未必有这样诡谲。去皖南的徽州藏书楼读宋明时期的刻本，夜雨青灯，仿佛回到了春秋时期的那个夜晚，夜雨滚滚，车马粼粼，祈雨师在恰当的时候出现在宫廷天文官之外的史册里，倏忽之间只看到他衣袍的光泽，剑光的犀利，目光的坚定和严肃。在祈雨的仪式之前，沐浴更衣，洗去山川河泽的风尘泥土，他们就以正史记载的身份出场了。但是这个骨子里仍是谜语的祈雨师，并不曾留下他的名姓，或者更详细的来龙去脉可以考证。

古代的雨夜，不仅仅有白狐出没、冤魂聚散，也有黄粱之梦、刀光血灾、坟茔空岗。黄面白须的道人从楚国的都城出发，散尽符箓丹水朱砂，那艳丽的金黄就是谷米的色泽。经天纬地的史官，驾着车马，带着家眷、门客、学生，跟随流民的路线图，从西周到东周，天地间空荡，夜色迷漫，潮湿的空气让人感到彻骨的冰冷。春秋的墨，南朝的烟，这雨是如此的狂傲暴躁，抽打着苍老的禾苗。

春秋的苦雨，是大禹岭的山洪，是周武王的眼泪，是夏商周的粟米的味道。江南清香的粟米到了北方的大地，变得如此凄苦断肠。那苦的雨水落在诸子百家门客的肩头，是清苦，是地黄苦，是盐碱，是中药草汁。祈雨师手捧雨水，碎了瓦缶，这雨水，是神农氏手里的水滴，是君王贤臣的苦胆。轩辕雨夜，苍台石玄黄不分，水势浩荡，这雨水是顺着暗夜的星光分野的。河道从大禹岭南北纵贯，黄土高原，日月山，九州方圆，神农氏穿着简朴的蓑衣，赤脚走进黄土。黑鸦色的雨水落满书案，祈雨师看着吉凶悔吝，悬崖上的棺木，粟米与河道，繇象象爻，灾年的粟米，铺满青草的山冈。雨水纸钱一般洒在空城里，洒在山冈、渔船，纷飞如流萤，牵着人的手心，让人无法自拔。雨夜里的中国，依稀便是夏商

〔明〕文征明 积雨连村图

的宴乐。在黄帝陵，那是阴阳家的黑白长袍，衣袖展开，遮盖了北方的大地青山。

春秋的君子祈雨、读书，穿着宽袖的长袍，在荒草中沉睡，让雨水鞭打着体肤。黄皮肤的神农氏饮尽黑草的苦汁和眼泪，望着龙蛇般的北斗，朝着江南的水田出发。神农氏赤着身体钻入沼泽，跪在草中，拜首蹈足，为中国的金石水木找到哺乳身体的药草。

在中国的图书馆里，我依靠艰涩的史料、野史、杂言、书话来追踪这群行踪飘忽的祈雨师，通过农耕史的数据、历代赈灾放粮的笼统数据来推测，找来民俗学家绘制的地图，都是极其困难的。苍雪满院，明珠泥沙，古代的夜读就是这样诡谲。祈雨师与天文官、宫廷、皇帝的关系是神秘而错综复杂的。古代的夜晚总是漫长的，绣像小说里的夏商周春秋，雨水纷纷，黑色透亮的苍穹，来来往往的是贫困的士子、谋士、纵横家，在黄土地上宛如游魂，从这一册典籍跳跃到另外一个年代，祈雨师是雪泥鸿爪、春风化雨，在古老的山岭留下的那些足迹，都是影影绰绰。他们或者一苇渡江，或者轻舟万重山，行迹横跨中国南北山水，以术士、医士的身份出现，穿梭在农耕史之间，春分、夏至、秋收、谷雨，漫长的行走过程中从函谷关走到齐鲁的鱼盐丰盛之地。

夜行的药师、占卜师、天文官员揣度天象、星云，划分黄道吉日、耕种良辰，香囊里的谷物洒满杯盏。疾驰的夜行客，带着千里之外的嘉禾谷种，入中原，出齐鲁，蓑衣斗笠，竹杖草鞋，黑袍白须，救济生民。这也是祈雨师的终生劳碌的目标。他们隐居河泽，行走天下，在凄苦的雨夜酣畅地饮酒，看着这天下的水势，苍天的颜色，心中自有丘壑。

在早年读古代史的时候，总是觉得中国的历史仿佛总是处于一个漫长的雨季，珠玉般的楷体小字，鸟兽玲珑的篆书，都带着湿漉漉的雨和露水。这就是春秋梦中的鸟兽文字，新雨初霁，横卧在南山冈的禾苗有一种不胜寒风的孱弱。在古寺里寄宿，翻开书卷，那雨急急忙忙的时节，是遇到祈雨师的最好时机。在传说中，祈雨师总会在雨季闭门读书，过一种凡夫俗子的生活。这种隐逸，使他们的精神超越生活层面的喧哗，能够看到内心纯净的东西。古代的读书人总是会用这样温暖如玉的文字来描述祈雨师的晴耕雨读。他们在这样的农业国家的一个山岭、一个种满谷物的村落山野临水而居，净手焚香、沐浴之后安静片刻，读着经文、祈雨词，看着某个年代的地图，分析灾荒地区的雨水丰歉、官府赈灾的力度大小。

在中国的古代，讲述评话的夜晚，阅读正史、怪诞小说的子夜，总是下着淅淅沥沥的雨水。那是农作物生长的时节，需要雨水的滋润，祈雨师出山祈雨，出现在祭台上，天文官、皇权、术士的联姻使得这雨水降临古代的夜空、苍野。祈雨师的求雨过程正是如此的写意，像是水墨画上入定的老僧，破壁十年的法师，或者神游四海的逍遥客，绣像小说里的夜仙，捏着一支朱红的笔，蘸着墨水，画出一座枯瘦的院落，黄色的藤，橘色的雨伞。当这祈雨师站在天下的百姓和禾苗之前，那巨大的身影就被史家在模糊的记述中不断地放大。

中国古代的雨夜，祈雨师像是黑色的闪电，带着红色的锦囊，那是在干燥的大地龟裂之后，祈雨师带来雨水之后的夜晚。但更多的苦雨之夜，我们已经无法从古老的简牍中去体会。一个农耕国家的漫长雨季，并不是抽象的祈雨师或者写意的术士可以概括。因为雨夜太漫长，梦魇太惊人，恍然中，黄帝陵上那孤独的禾苗发出嫩芽，饮一口山脚下的苦雨，雨季才刚刚来临。

粟里乾坤

一

阅读古代的竹简、文牍，关于祈雨与术士占卜的天象记载是中国历代王朝重要政事。天文官步履焦急，车马疾驰过宫门，卷轴铺开，弥留着一种陈旧的暗香，这种气息便是传说中的粟米的残香。祈雨的术士默念着符咒，分析着乾象天文。紫衣红袍的官员、身披黄巾的天子站在天坛之上，为春耕祈求甘霖。

雨水降临大地，它便是官员们俸禄的源头之水，古代的粟米在天时的滋润之下，长成古中国郁郁苍苍的一片青绿色。识天象、勘地理、问卜八卦的天文官员，沐浴焚香的术士，越州蓟城、燕赵齐鲁、九州农田的百姓，他们的衣食都是来自这苍天的雨和粟。

钱米粮仓，恩泽天下，古代的天子、天下的百姓都在这天宇之下叩拜稽首。乾卦易象，河图洛书，占卜的术士和天文官员明察时政，分析国家区域灾害分布、河道损枯、仓廪盈亏，绘制中国的地图，考辨赋税与星象，以及朝廷文武百官的俸禄衣食与天时、气候之间的关系。春耕大祭，五色土，万乘马，轩辕台，粟米满仓廪，文武百官的卷牍浸染谷物的香泽，明察天时、问卜占卦的术士、官员统筹分析国家农耕桑植，祈问天文星象，疏导郡国水利，访查农田，劝耕问劳。

泱泱大国，河流曲折蔓延，河汤汤。五岳挺拔，九州方圆，山苍苍。田野里种满了天青色的谷物，颗粒饱满，株枝古朴，人们顺天时而播种，依卦象而垦耕。古人对这青青粟米的思考和忧虑来自苍穹星象。学富五车的大司农和州牧躬亲农耕，冬雷震震，粟米满仓，草书急篆，鸟兽争鸣，文牍溢满一派祥和的气象。

二

粟米是中国古代官员俸禄的始源。天文官通晓古文经，知天时地利人和之策，亦懂得这粟米与天地之间的生息大义。理清这个思路的同时，我们才看到了这个粟米的终极意义。

阅读中国古代官员的俸禄簿册，顺着篆书、古汉隶、草书浓墨的笔痕，小米汤写的字，花骨朵，风呼呼，路茫茫，裁断天时地利的龟板甲骨文上面，占卜吉凶的乾坤卦旁边，有一个模模糊糊但风骨清俊、硬硬朗朗、响响当当的“粟”字。厚厚的书简，沉甸甸的帛书，密密匝匝的俸禄制度，一石米，千钟粟，万户侯，粟米养育着古代的官员、侠客、占卜祈雨的术士。

中国古代俸禄制度是古代职官制度中最重要、最基本的制度之一，册书一卷，竹书刻记，官员一分上下，领取不同薪俸粟米，车载斗量，按照功勋分发调拨。

北望诸毗之山，临彼岳崇之山，烟涛渺茫的中国星空下，乾为天，坤为地，雨露恩泽大地，九州百姓相天时而播种，祈求五谷丰登，粮米满仓。吃粟米的俸禄官员并不仅仅是生活在皇城里，而是要时刻操劳。在灯下，高山，书斋，田野，高高低低的山路，盘盘缠缠的水道，卜算问天的天文官策马疾驰，赶的是黄道吉日、年月时节、春秋谷雨，他们的俸禄与操劳都与这皇皇粟米有关。仔细地阅读中国历代的官员俸禄的俸禄簿册，粟米的计算、分发、归仓、储存，构成了农耕国家的重要生活内容。

粟米长满了九州的山冈、田野，河流滋润着谷物，官员们食千钟粟，骑千里马，探访天下郡县，明察时弊。国家俸禄以及天时收成、农耕桑植的关系、官爵的赏赐、城郡的治理、水利的兴修是官员们日常劳作的重点。

春秋粟米，这淡青色的谷物、黄金色的粮米，养育了中国历代铮铮铁骨、器宇轩昂、胆识卓越的官员。吃粟米的燕赵英雄、巴蜀少年、齐鲁策士、秦晋游侠，击筑杖歌。中原沃野，燕赵秦楚，车马浩荡，衣食粟米的官员、寒士、百姓，食俸禄，吃五谷，体魄强健，深明大义。

三

古代中国是一个以农牧生产为主的国度，雨水是这个国家的运势命脉。古代的官员掌管农业耕作、巡抚安民，他们对山川、地形、城郡、农桑耕作的理解是大而化之的。这些官员们一方面是知识分子，懂得盐铁经营，却又能够敬重天时，肝胆相照。

古代种植粟米，讲究天时地利。中原在望，燕赵的车马，满载着齐鲁的粟米往返来驰。战国时代的粟米，那色彩是清冷的、古拙的，人们举戈前行，吃着细细的粟米，兵甲纷争，山山水水，分接相连，河泽分野。分野，它是中国古代的一个占星术概念，指天上星空方位（二十八宿等）与地上的地理行政区划（州）的对应。在古代地理与天文学中，它是一个十分重要的概念。它表明了天与人、州府郡国、山川城池之间的相应秩序与关系。

天，雨，粟，在古代天坛上的祭祀，羽纛飘扬，诏有司祠雷师、雨师、策问八卦以及天地吉凶的术士，长袍上写的就是那个米字。汉代粟米堆满仓廪，天文官和占卜术士筑坛祭天，祭问国家兴衰运势，朗朗青天，黑白分明。古人勋爵赏赐，耕织赋税，钱粮鱼米，官员们领着俸禄，管理着治下的一方土地，追求的不过是千钟粟。彖辞求雨，官员升迁，治理州县，青青的粟米堆满祭台。亭栏溢彩，古柏苍翠，黑色长袍祭师，大红鱼龙纹的旗帛，天垂象，见吉凶，旱灾之年，祭天祈雨，只求雨水润泽嘉禾。

钟鸣鼎食之家的古代官员，俸禄即是这粟米，以石为单位，计算官员的俸禄，用银两折算。春秋的青青粟米，那禾苗是绿意盈盈，禾草青青，无论是商周的天子，或者燕赵的侠客、齐鲁的俊贤，这禾苗是嘉禾，这雨露是滋养虞舜后代的粮食。大禹治水，理顺天下河道，那巍然的钟鼎、沉重肃穆的青铜器盛满粟米，十里飘香，邯郸、大梁、燕赵大地、齐鲁之滨，香满书卷，颗粒归仓。戴以笠帽，披以蓑衣，祈雨，击鼓，二跪六叩首礼毕，复跪拈阄，那绿色的禾苗长满了中原大地，官员们奉承运势，奔走辛劳，治理国家。

四

古代的天文官、祈雨师、阴阳家认为历代王朝的更替兴衰均由五行所主运，以五行为中心，以空间结构的五方，时间结构的五季，人体结构的五脏为基本间架，天地之间的雨水和身着青衣的百姓、深山的草木建立起了恒久的关系。祈雨师通晓天地之道，万物之纲纪，变化之父母，生杀之本始。高山之上，车马玄黄，祭天祈雨的仪式在春秋时代成为皇权生民的浩大典礼。

草木谷物向阳而生，只有云水滋润才能有秀丽的青色，养育天下子民。阴代表消极、退守、柔弱的特性以及具有这些特性的事物和现象，阳代表积极、进取、刚强的特性以及具有这些特性的事物和现象。阳光照耀着国都的城池，向日为阳，背日为阴，传说中不周山下的粟米浓郁的清香溢满香草的气息。天子的注目下，那挥舞青龙仪杖的是正襟肃立的天文官，手捧粟米，跪问苍穹，远游的士子也回望国都，目视饥民，心怀悲郁。

春秋时代的人们认为，天地之所合也，四时之所交也，风雨之所会也，阴阳之所和也。祈雨师白发灰袍，天文官紫衣素冠，遥望天下九州的荒旱农田，问法天文历象，改造沟洫道路，倾听草木虫鱼，奏言政法文教、礼乐兵刑、赋税度支，问忧膳食衣饰、寝庙车马，躬身农商医卜，为了这天下丰收的时节，举头望苍穹，目光如炬。

春秋时代，中国的土地苍莽逶迤，兵甲相交的大时代，这五谷的生长让常年远征的将军、策士、隐逸深山的士人悲欣交集。

青青粟米，殇殇丹衣，天气轻清为阳，地气重浊为阴；以水火而言，水性寒而润下属阴，粟米在泥土里慢慢生长，天向西北倾斜，日月星辰都向西北方移动。奔走在中国大地上的侠客、谋士、相国、黎民，他们的衣襟浸染了这粟米的色彩，从遥远的时空望去，烟尘四起的春秋，雨水从惊雷震震的苍穹垂落中原大地，四海烟涛渺茫，长发飘飘的剑客，游说七国单枪匹马的阴阳家，耕种谷物的村夫野老，天青色的衣饰，那是这雨中的粟米原始的本色。

天生粟米，古色古香，燕赵的兵马，齐鲁的相国食粟米，垦殖农桑，受俸禄，躬身亲。

阅读古代官员的俸禄册子，这粒粒的粟米，颗颗的谷物是春秋时代侠义之士的精神象征。细细的谷粒，粗糙的小米，却有苍秀的气色，与那个时代的人物刚烈的性格和脾性相和。

粟米中正淳雅的色泽，是古代中国纯正的颜色，它成为官员的俸禄、百姓的衣食之源。古代的祈雨术士和天文官期望天降粟雨，浩渺的苍穹祥云浮现，雨水从祭坛上降临大地，白衣黑袍的春秋纵横家、云游四海的道家，他们都为这粟米与雨水而感慨。说客策士、阴阳家对这个祭天的虔诚与思索都是超出了单纯的生存意义之外的。他们通晓天地日月、昼夜晴明、水火温凉，往来于天地之间、山川河泽，吃粟米，饮雨水，清风吹着衣袖。山川草木一派青绿之色，田野泥土里的谷物养育中国古代的那些大义之士，他们内心的健康气息来自悠悠苍天，还有那一把粗糙的小米。

五

古人祭天、祈求春耕时节，雨水丰沛，天地之间，朗朗乾坤，官员们乘坐马车，奔波在南北的郡县。站在中原的城池，你会看到春秋黑白素衣的谋士，国君的身影，阴阳家举手蹈足、面天叩问，汉代的墨竹色的衣襟，素米色的帛书旌旗。

咀嚼着古代的粟米，阅读着历代的文牍，一粒米，一石粟，竹简上的鸟兽小字、虫鱼足迹记载了中国古代的苍天粟雨。这种清秀的色彩唯美的气质，充盈在朗朗天地之间。古人耕种粟米，养育了筋骨健壮的子孙后裔。足迹踏遍天地之间的阴阳家、祈雨师、掌管盐铁柴米的古代农业官员，让我们看到了那一颗颗、一粒粒的谷物朴素的本色、古雅的神韵。它粗糙的表面有着万千的痕迹，那是云雷之纹、沧海之痕。

古时以粟米支俸，吃着粟米、重农贵粟、纳粟受爵的官员、读书人，品尝着粟米味道咸淡，那才是人生天地间的大忧伤。无论是汉代官制中治粟都尉、堆满仓廪的方正铜钱，还是传说中不周山下的粟米田，鬼雨浩荡，方圆天下的中国大地，这青青粟米确是天生之物。生民化育，古代的皇帝和官员、士人都懂得这样的一个道理。

古人一方青石算盘，一粒琥珀色的粟米，那里面便有阴阳家的极乐逍遥世界、丰衣足食的国都。通过这一粒粟米，你可以看到古代中国天地的结构、日月星辰的本质，以及母语的温情。

北方的粟米郁郁青青,长满田野,粟米的色彩就是青天的色泽,它在草木之中生长,在山野之地拔地而起,宛如苍山。古拙的色彩浸润着四海的河山,阴阳师、天文官的春秋云水襟怀就在这粟米中逐渐沉淀。

春秋的山野,农夫们荷锄扶犁,戴着斗笠,耕种粟米,风雨无阻。那一盏盏的清米酒,那一粒晶莹透亮的粟米,清澈的光泽、天地间的清香之气,隐藏在书卷中。一腔热血的士人、策士,他们健康的体魄、矫健的神姿、是春秋中国最洒脱神奇的传说。

用这一粒苍天之下的粟米拜祭天地, 用这沧海之中一颗粟米的种子洒遍天下九州的泥土,天雨漭漭,皇天后土,赐我一把粟米,尚飨,尚飨!

明月何年

古代的风、水、火、土，它们构成了一个绵长而浩荡的心灵空间，影响着我们现代都市人的思维心灵。这四种元素是古中国的根基，衍生的水草粟米，它们是万古尘埃聚合、汇流、分割，抵达生死、新生的所在。

风兮，雨兮，你我苍生同生共死；木兮，火兮，大地莽莽穿越时空，这是古代世界留给我们的想象。每一个古代的意象，经过时间的淘洗，来到了我们的精神家园。

锦瑟无端

一

记得小时候听古琴的声音，在月光下，那酸楚的音乐和父亲抽烟的时候那明亮的火花留在我的脑海里。顺着长满爬山虎的高高的土墙，风吹过来，尘土就簌簌地落在我的脸上，我看着星空，古琴的声音就从黑色的院落飘过来，把我拥抱起来。我边走边扯弄着墙上干燥粗糙的枯藤，朝着有灯光的地方走去。那是铁匠的家，铁的废墟和煤炭的残渣堆得高高的，几乎挡住了我的视线。失去了一条腿的铁匠就坐在苇席上，月光从破旧的窗户照过来，被他的身体挡住了，于是我看到了铁匠宽阔的身形。炉火把我的脸烤得通红，木柴在炉子里发出喊叫，整个屋子里弥漫着木头的陈香。

有时候是下雨天，我看着铁匠抡起大铁锤，赤裸着上身，满头大汗，狠狠地砸向通红的铁块。铁的颜色由红变青，最后变成黑色，那是农具的原始颜色。有时候是青色，凝固在火苗里，那是朴刀的颜色。然后，打制好的铁器被丢进雨水里，那些铁就会在瞬间发出尖叫和咆哮，水汽冲过来，堵住了门口。

从铁匠的家里回去，要经过一片坟墓。经过长长的土墙之后，黑森森的柏树林吞没了我，我找不到自己的影子，月光冰冷地落在我的肩膀，回头可以看到那堵土墙在月光下融化成了一条河流，漂浮着许多银色明亮的影子。

铁匠是一个强壮的蒙古族汉子，此刻却在南方的一个村落破旧的屋子里摆弄着他的鼻烟壶。那年春天我向他讲起北方的白杨树和草原上的事情，他抽着烟，眼睛里充满了惊讶的神色。炉子里的火依然很旺盛，就像人的肝火与脾气。木头有时候会啪的一声发出尖锐嘶哑的喊叫，然后像烟灰一样熄灭。沉默了很久，他终于放下烟袋，说："我给你唱些歌吧，好多年没唱过了。"

如果记忆没有错误，那就是一张古琴。铁匠粗糙的手掌抚摩着琴体，却有一种想象不出的合适。黑色的古琴，残破而衰老的样子，用几根麻绳捆扎着开裂的地方，漆片已经开始剥落，像泥土一样松软，震荡一下，音乐和漆片就像浑水一样倾泻在地上。他的嗓音稍微有些颤抖，脸上有些焦虑。炉子里的火苗有节奏地跳动着，古琴的声音开始浸润着木头的陈旧气息。南国的雨水影响着铁匠的心情和思考、呼吸、手指的劲道。断裂的古琴，甘苦的生活，这是忧伤的全部。

铁匠大概是在上个世纪六十年代来到这里的。我只是听别人说过他是为了逃荒而来到这个村子的。他善良憨厚，是典型的北方人，但是我没有想到的他却是蒙古族的。我那时候时常将北方和蒙古、黄土高原联系在一起。村子里经常有人听到他在耕田的时候唱些古怪的歌谣，据说就是蒙语的古歌。但要把他比作理想主义者或者流浪者，都是过于浅薄的事情。他仿佛除了劳动之外，就是唱歌了。那饥饿的歌声、激昂的情绪，常常会使失眠的我陷入沉默。离开家乡这么多年，我开始习惯似地想念铁匠的歌声，那是属于蒙古高原的青草哺育出来纯洁音乐，不为世俗的曲谱所污染。

在祖母居住过的那个大院里，有许多高大的梧桐树。南国的雨水打落梧桐树的叶子，雨后，祖母就一个人慢慢地打扫着。后来祖母去了，那些梧桐树似乎也在经历了岁月疯狂的扫荡之后也渐渐干枯了，看着满院的落叶，寒风吹来，枯碎的月光淡淡地洒在院墙上，我有一种随风而去的茫然。祖父独自居住在这喧闹的世间，脸上也是不胜孤独的落寞。在许多的树木之中，我独独爱着孤独的梧桐树，每到寒秋，绿色的叶子变成灰色的碎片，那虫子叮咬的疤痕和鸟粪粘在一起，满是凄凉与辛酸。

也许，在真的艺术上，我也和那个铁匠一样孤单、愤慨、无奈，但是却无比骄傲。马头琴、二胡、古琴，还有竹笛，这是一颗残疾的心灵赖于生存下来的全部。在庸俗的世间，只有这些乐器和我一起独享寂寞。蒙古民谣，高原的水土哺育出来的浩荡如远古大河一样的乐曲，卷着青绿的牧草，将我对青春与音乐的理解打碎了。青春的古老手卷和草原忧伤而明媚的爱情，逐渐在时光中磨损了光泽，只剩下我们年轻的时候写下的那些不老的情歌与古怪的字体，缭乱如蒙古高原帐篷里凄凉的音乐。

我掌握了质地坚韧的草原上奔腾的音乐的时候，我会逐渐对往事产生一种期待。红色刺绣的古卷，描摹着音乐与演奏的乐器之间另一种隐秘。龙凤纹路的古木，那是纯洁的音乐坚固的质地。乐器的设计与制作全部依靠手工完成，弦、弓、雕花、色彩都留有那双手的粗糙与野心。乐器放在书房或者城市的孤独阳台上，那音乐就喷泻出来，那双战栗的手和乐器已经没有任何界限，那手带着乐器古老的欲望，演奏着苍凉的年华故事，安抚着残疾的身体与冷漠的心灵。

二

什么是艺术？请你告诉我。

什么是青春？请你回答我。

如果你不能，请你告诉我，什么是背叛与伤感。只是请你不要沉默，如果你不能理解我的质疑。

我用二十年的时间去理解你，我的生命与我的落寞时的忧郁与愤激。我在淮北平原上的村落里等待你的到来，你的音讯。

那是音乐的力量，淹没了我一度不可节制的愤激情绪，让我冷静下来，暂时忘记了文学的残酷和艺术的伪善。青草味道的音乐渐渐改变着我的性情和思考的偏颇，让我能摆脱常识的局限，尝试着用自己的语言去表达青春的意义。这样的音乐关心着你个人的苦痛，你无法不理解它，无法不接纳它对你的影响。

我静静地居住在平原上的一个村庄里。我时常想起那个已经失踪了的铁匠，那个坚强健壮的蒙古人，会骑马、会喝酒、会打铁、会制作乐器的蒙古男人。

游牧民族的古歌，总是那样低沉，充满神秘感，给你绵绵不绝的力量和感动。穿过我记忆里月光和黑森森的树林来到这苦寒的世界。比如蒙古的长调，绵延无尽的力量就像永远不能烧死的野草，会在死寂冰冷的冬天之后，重新在我的世界焕发生机。那声响就像是远古山谷里用骨器、石刀敲击火石诞生的音乐，闪烁着惊人的火花，点燃你枯槁的牧场，在情感的流浪与迁移、不停的漂泊中永远为你所有。那些原始、孤立、分散的音符在草原的动荡中有种种神奇的组合和拆解，一切都按照神秘主义的唯美方式来完成。在一次次大的动荡和浩劫中，残留下来的音符记载着你新生的意义和异族文化的身份。没有规律和明显的趋向，只有血脉中不安的分子、季节的轮回和执著的偏信。我只相信，这应该就是蒙昧的启蒙、伪善世界中的真知。它们是干旱的草原、荒漠中的绿洲，给你喘息的机会和余地。在污浊的世界中，它讲叙的是一种清高的坚实有力的实践哲学。那些古老的年代里，在整个世界，游牧民族、半游牧民族不停地迁徙，不知天命，不知疲倦。唯美的音乐充满着虔诚的宗教意识和教义的精神，破坏着也重建着文明的世界。这样的音乐不能用现代乐器里的吉他或者贝司来完成，钢琴也不能，包括大师和精英，它只能用信仰来完成。游牧民族的音乐排斥着世俗的乐器，警觉而敏锐地寻找着

〔明〕张路 听琴图

它在这个世界上的知音，也寻找着它的破坏者和对手。它们终于或者即将结束游荡的生活，终结一种漂泊的历史。学习这种音乐的精华，必须全心全力、艰苦顽强地实践它的精神。蒙古利亚、欧罗巴、尼格罗-澳大利亚人种，种种音乐在文明的进程中不断地混血，不断地渗入新的因子和新的精神。新的成分继续引导着欣赏者的审美和意识，与现实的世界紧紧缠绕，不断分化、凝结。我所说的爱情与艺术都在这浓密的语流与混血里得到了验证，你我终于在北方茫茫草原浩瀚苦海里相知相遇。

夜色黯淡如水，如血液一样凝滞。凝滞的文字，泥泞不堪的笔墨，死灰一样的艺术与哲学，都比不上蒙古歌谣的一个鲜活的音符。那么生动的艺术，如今我只能从民间老木匠的伤痕里去寻找，在他的整个六十年代的青春岁月里挖掘。那种艺术具有奇异的力度与韧劲，在严酷的精神折磨与身体的摧残下，像野种子一样遗留了下来,生活在他的伤口与血肉深处。梦魇与魔鬼一样的革命标语与口号无孔不入,那颗心也终于积满黑色的淤血,陷入痴狂的梦呓与风波的纠缠。活的种子却像病毒一样撕毁一张张脸谱,像洪水一样肆虐。鲜红的艺术血液、有毒的思想种子、叛逆的天性,演绎着悲剧与壮烈的人生。那种斗志与血性在如今的人群里已经罕见了。在充斥着种种虚假、欺诈、无耻与逢场作戏的时代,我已经很难找到一个这样的人生传奇故事。

我在乡下的书房简单朴素,适合我这样的理想主义者。我在大量的体力劳动和各种耕作中解读我学习过的那些知识和功利主义的闹剧。理想主义的垂死挣扎原来只是一个瞬间的诅咒与怨恨,比不过这院子里的梧桐树这样具有忍耐风雨寒暑的天性。

书房里有一张老木匠打制的椅子。木匠打制的椅子结实而硬朗,仿佛就是他年轻的时候一贯的为人原则。因为遭遇殴打而致残的身体和树木衰老的年轮,让我常常对文字的价值与力度产生颠覆性的怀疑与迷惑。当他在疯狂的人群中挣扎着爬着、喊着、哭泣着、祈祷着,我感到了一种压力与精神上的折磨与恐惧。他每天孤单地坐在院墙下,像是绝望的基督,他的艺术与原则已经被钉死在唯美的十字架上,牺牲了自己的自由。在严酷的现实生活面前,他只能坚持表示自己的骄傲与不满,然后每天看着时间和疾病的可怕病菌将自己折磨成怯懦的样子。

木匠通晓一种山西的皮影戏,经常和我说起山西的晋商、买卖和钱庄的事情、晋中秧歌,还有皮影戏里生、旦、净、末、丑各种角色、道白。他在山西漂泊过许多年,从内蒙古说到山西,他总会停下手中的活儿和我认真地描述。但是我不大记得与这相关的事情了，只是看着那生动的木器，陶醉在木头的香气里。他有时候和那个蒙古族的铁匠一样唱歌，只是我却听不懂那音乐的内容与意义。后来只记得那皮影戏里的木偶的玲珑精巧、布满心机的设置。精致的木偶像是被禁锢的巨兽，和老木匠一起挣扎着，在病苦中艰难地生活着。老木匠青春的血液已经在岁月中干枯了，他只是一个角儿一样的人，历史不会怜悯他，艺术也不会怜悯他的悲惨命运。

我在那长满爬山虎的土墙下和他一起唱歌，面对仓促的岁月，面对冷漠的土墙，也许沉默需要的是比咆哮更多的勇气。土墙的附近有一些杏树和桑树，也有矮小的梧桐树。我在黄昏的时候独自沿着那长长的土墙走了很久，春天的时候院墙上的草籽会开出鲜艳的花朵，粉白、湛蓝、赭石，还有我熟悉的牵牛花和丝瓜，死火一样破灭的文字与理想都只能默默地与这土墙独自对视，与这花朵的荣枯和憔悴对视。我看到面无表情的老木匠时常对着这墙发呆，混浊的眼睛里充满冷漠的泪光。光线刺激着他的眼睛，让他流下泪水，却更加坚定娴熟地雕刻着他的花朵，那木头上的花朵有着淡淡的清香。病苦与伤疤都只能增加他的耐心，让他郁结起孤傲的心性的火苗，烧焦这土墙与我忧郁的笔墨。那土墙上的野花开了又谢了，风吹来又闪过去，那尘土也一点点地落在老木匠斑白的发丝里。那风也有一种野性，不断地刺痛木匠发涩的眼睛，那精致的工艺和颓废的艺术轰然粉碎了，磨蚀了。迷茫中，我总担心那土墙有一天会倒掉，把他所有的心血与经营全部埋葬。那苍凉浑厚的歌声激越昂扬，紧绷的琴弦和死寂中嘣射的火光会在夕阳下显示出迷梦一样悠远的清响。

三

然而，我终于发现了一种世俗之外的音乐。

在那个仁、义、智、信在中原大地上萌芽并奠定文明的根基时，春秋时的楚国最早出现了绝美的乐器，那就是古代的古代箜篌。这种乐器的演奏技法和制作方式在失传之后，重新被发掘出来。古老的时光沐浴着这质地坚硬的红木乐器，长形的共鸣箱像琵琶一样的制式，使用竹片拨奏或击奏，这便是传说中的卧箜篌。此外的一种被称为竖箜篌，这种古老的弦鸣乐器的音质奇异，与我所知道的骨笛、埙、陶笛不属于一路风格与血统。那优雅的乐器经波斯传入中亚和印度，带着一种野气和天生的混血儿的叛逆，将深沉浑厚的美的血液植入古代悲凉的西域，却被现代的文明人翻译成“竖琴”。

翻阅辞书，知道了英文中的“Cank”、“Harp”和汉语言中的“箜篌”，都只是同种乐器在不同地方的不同名称。古老的箜篌不属于奢靡的音乐，却有着异样的华丽。琴体往往装饰着凤凰的头像，就是那炼狱的金翅鸟、不死鸟。这样的形制直接改变了这乐器的隐秘的意味，加深着演奏者的高傲心性与不羁的血勇之气。我很难断定那为了这乐器而惨烈的牺牲的勇士，那种美的极限与辉煌。就像这琴首的凤凰，有着艳丽的色彩，透着凄厉的目光，寒光在深夜里泛气，艰难的阅读停止了，剩下的就是倾听这久违的乐曲。我神往的凤首箜篌，在东晋时自印度传入中原，明代后失传。而今的替代品雁柱箜篌不过是粗糙的音乐师的游戏。那凤凰的悲戚与美丽已经见不到了,它只属于传说。

白露,霜降,然后是冬天的突然来临。很长一段时间乡下书斋与城市之间的距离并不是我想得最多的问题。院子里的梧桐树吮吸着悲凉的雨水,片片落叶打在我的脸上。我只是对那失传的凤首箜篌感到不解与着迷。老木匠的歌声和蒙古族男人的忧伤都不能解开我的迷津。他们一生漂泊,背井离乡,凭借手艺生活下来,却没有组成一个家庭。老木匠已经快走到生命的尽头了,在那堵土墙下孤单落寞的身影却时常会出现在我的脑海里。让我想起他雕刻的那些木器中,浸渍着他性格的木器,似乎就有这样的凤凰的木刻。那一身是病的老木匠完成了他的艺术,那是一只远古的凤凰,栖息在荒凉的人间冷漠的角落,潜伏在荒草蔓延的土墙脚下,一只受伤的惊魂落魄的鸟,嚎叫,号叫,流血。春天,水流花开,灰色的墙头草和爬山虎掩盖了它的光亮,老木匠的眼睛看到的世界已经很模糊了。他年轻的时候穿过的草鞋和补丁衣服,丢弃在光线阴暗的房间里,木头箱子发出酸甜的气息,除了油纸、一双青灰色的布鞋、雕刻的朱红木器、脏乱的年历、樟脑丸的气味之外,还有一种令人失望的压抑与晦涩。

我在偶然的一次机会回到我的老家,在祖母居住的那个大院子,也感受到了这种压抑与惆怅,以致我看着院子里的梧桐树,想到不同的人生与不同的命运,我会有一种渴望落叶归根的念头。那高傲的传说中的凤凰在南国的雨水中挣扎着不肯垂下高贵的头颅,而我面对满院的荒凉与梧桐树的落叶禁不住流泪了。祖母曾经很擅长一些针线活,在厢房的角落还有她留下的未完成的剪纸和手工制作的鞋子。祖母留下的那些针线,用剪刀剪出的凤凰，还有那朴素的蓝格子衣装，风雨岁月，它们安静地躺在雨天潮湿的木箱里，只等我有一天能回到这里，与它们相遇。我一个人在茫茫世间不停地行走，不停地寻寻觅觅，和我的邻居老木匠，还有以前那个蒙古族男人一样，需要独自去面对，去迎接生活中的种种伤害与伪善。他们漂泊在大千世界，走过无数个村庄，经历过太多风雨和人间的悲欢离合。最终回到这年代久远得已经模糊了的土墙下。老木匠的歌声我几乎淡忘了，但又似乎仍记得那旋律，低沉，回环，稳健，像大浪中一艘摇荡的小木舟。

这些音乐其实就是生活的全部。只有这些声音能将一个人的忧伤、愤怒和失意表达得淋漓尽致。走过那么多地方，我的肩上沾满泥土和尘埃，一路风尘仆仆，这音乐是我唯一的知音，是我在极端苦闷中唯一的牵挂。苦涩而芳香的泥土，是我年华似水的日子唯一可以信任的，给我新的朝气与勇敢的心。乐音丝丝，艰难地对抗黑暗、对抗虚无，在温煦的水墨中分娩出悲悯的种子。弦乐有竹子的清脆悦耳，有雨水的阴柔与苦恨。

四

我突然在南国的淫雨天气里，感觉到自己灵魂深处的突然死亡。荒凉的世界，一片废墟被那北方的河水指引着流向远方的远方。也许我原本并不理解这些音乐的源流，世界之大，我所觉察到的仅仅是世界某个角落的一些微弱的光线。借着这些光线，我无法完整地向你描述这些音乐的诞生与历史。牧歌就像野草一样生生不息，不能被消灭，深深地根植于我的情感世界，我生命中的大陆。它不停地在燃烧中与我所处的世界决裂，决不妥协。但是它并不局限于思想的交流，它承担了你情感的重压，让你渺小的身躯不至于被黑暗的一部分压垮。如果你没有足够的耐心和欣赏这种音乐，你不可能理解我所说的这些音乐透露着神秘味道。但是更重要的是你看到了光，那些异质分子的光芒。

获得真正的音乐，必须经历一个辛苦的过程。我追求那种激烈的音乐，它却能给我冷静。最美的音乐可以成全你的贪婪，也可以毁灭你所有的审美直觉。语言从来不是真正的障碍，蒙古文字也好，阿拉伯文字也好，你的真诚可以扫除一切障碍。它们只是剔除那些虚伪的爱好者的必要程序和形式。漂泊中的游牧民族的音乐根基就是这种坚定的信仰。它是对你自己的信仰，与你的苦痛有关，而不是不顾一切的牺牲和献身。你只有把握了这种音乐的本质，你才可以下结论，才可以有所质疑，最后表达你的尊重和立场。这是自然界和文明史上原生的音乐，是草木的精华，没有任何腐蚀作用。这音乐和汉字一样美得彻底，不留余地，直接阐述生存的意义和个人的情感。那漫漫寒夜里，老木匠和蒙古铁匠的音乐的价值也许就在从这里开始影响了我的性格。穿过土墙和万水千山，在北方的土地上生根发芽，茁壮成长。

骑着黑色的骏马，配上结实的马鞍，甩响鞭子，我终于有机会伪装成一个牧人。我并非是一个蒙古人，不具备蒙古人的血统，我是汉语言文化哺育和塑造的一个沉迷古歌的孩子。有时候迫切地感到，血统成为理解和深入某种文明的不得不解决的问题时，我却已经被这些神奇的音乐彻底俘获了。如今的世界，追求纯粹的语言和音乐一样变得不可能。歌谣的谱系、传承与知识的联结并非是一个对应的关系，许多错综复杂的大规模的混流使这种理解越来越困难，遭到不可逾越的障碍。

见过蒙古刀，斑斓、细腻的花纹和质地都有一种沉稳、冷静的形式，应该可以一刀斩杀伪装的艺术。

马头琴和蒙古刀一样是重要的器物，是蒙古音乐中一种著名的乐器。琴弦由马尾和丝弦制成，有的是用草原上野生植物的根茎、纤维，动物的皮革，兽禽的腿腱筋。音质沉静浑厚，呜咽的声音中有一种野性的气息。成吉思汗时期，马头琴就开始以一种乐器的身份在蒙古草原流传。马头琴由共鸣箱、琴竿、弦轴以及弓子组成。共鸣箱用黑松木或者枫木组成，两面蒙上羊皮，而琴竿用榆木或者紫檀木制作。草原的生活方式和积累的游牧经验是你进入一种古老的语言和音乐的必备。那些音乐的灵魂沉浸在草原的历史和生活习俗里，和血液混合在一起。

马头琴在东部蒙语称“潮尔”，在西部蒙语称“莫林胡尔”，音色柔和浑厚，婉转悠扬，比二胡这样的乐器混浊的音色多了青草的忧伤。马头琴沙哑呜咽的声音和江南的丝竹音乐有着本质的不同。野生植物结实的根茎混杂制造的琴弦，浸染着艺人的心血和一门技艺的严格标准。它有着纯粹的游牧民族的文化血统，这种血统凝结了音乐的所有秘密，它和艺人们一起漂泊在草原的深处，远离世俗的恶毒腐蚀。孤傲凄苦的音色，放浪形骸的生存哲学，在游牧民族的世界将美的血统和不屈的性格继承了下来。

我只觉得与这种几乎孤僻、冷漠得有点压抑的音乐的本质最接近的只有古代的筝和筑。也许你会疑惑古筝和筑的差别。古筝,流水一样的曲子在夜色中凝滞了,僵硬了。音乐古雅的调子如响亮的箭镞。筝是拨弦乐器,而筑是击弦乐器,其实这也只是形式的区别。筝的音质铿锵有力,然而有清新之气。和马头琴一样不为世俗所容,于是音乐多为浊哑疾苦低沉的音调,节奏被控制在心力所能企及的范围内反复回还。至于筑,它早已失传,无可凭吊。

五

在古老的筑和传说中的箜篌被俗人废弃之后，我仍然发现了瑟。瑟仍然充满神秘主义色彩,形体奇异,音色缥缈,但是却有金石之音,有怨毒刻薄的病梅寒性的清香。奇怪的乐器,诡谲的曲谱,将你对音乐的常识彻底打破。音乐使人感到孤独难忍、虚空、焦虑。源于汉语言文明的根基的农业文明哺育出来的音乐,黑色狰狞的音符在野花缠绕的双手下绽放,阴、冷、黑、沉、尖、辣、烈。像失控的一群野兽,轰鸣震荡的混音、金属的撞击声和雨点交织在一起,令人沉浸在黑暗、压抑、迷茫、恐怖、绝望、死亡中不能醒来。它和读经的声音不同,与呢喃不同,它甚至是一种清澈的语言,是雨水的精魂。

黄土高原衔接着晋陕山区，匈语胡乐越过山岭与中原的音乐混血之后,我们得到的是一种极端复杂的传承。深夜的时候,沉浸在唯美的音乐里，夜色沉静如水。一切都是那样的平静，骚动的世界终于肯稍微歇息。我寻觅着一种被遗弃的、失传的音乐，或者说是一种野生的、有斗志的音乐，只有这样的音乐才能与我分享内心的焦虑。夜色里，我面对的是无形的音乐，它紧紧缠绕着我，包裹着我。那些音乐从黑暗的角落迸发出来，从破碎的激情和消减的斗志里喷涌出来。我面对着这真诚的音乐，在远离了草原之后开始寻找我自己的世界。

音乐如尘土，如冷却的死的火焰，在漫长的雨夜挣扎，遭遇蹂躏，这是瑟的本质。静夜里那弦乐五音变为凄厉、尖锐的青色烟柱。我看着时光和尘埃落在我的肩膀，我挥手扯断了紧绷的琴弦。它和我的语言一样在疲惫的折磨下，接近了自己的极限。击弦而歌，在黑夜的角落我看不到这乐器的身形与姿色，只有绵延不绝的音乐进入我的世界。我分辨不出哪是丝弦，哪是枹鼓，色彩混乱，光影朦胧。但是你可以感觉到它的激烈、力量与温度，所受的伤害、歧视和侮辱。瞬间，你能感觉到它的残骸怎样地裸露在尘土里，挣扎着奏出壮烈的音乐，但是节奏依然低缓坚定。雨水洗去乐音中凄迷的部分，露出底色。音乐从虚无中发出，从夜色里消逝，心竭为止。凄凉如水的音乐激荡着人的心境，如北方的野蔷薇一样爬满伤残的心间，转入浑厚悠扬的古乐，河水一样激荡着夜色与读书的心性。我的似水年华，在这奔腾不息的乐声中进入辽阔的草原，进入了北方的河谷与金色芦苇的生命里。

我在北方的平原上，遥想着黄土地上的那些干裂的梧桐树。雨水洒在贫瘠单薄的文字上，墨水氤氲着明亮的月光。君子以佩带玉石表示洁身自好，而今这样的传说已经和那高贵的凤凰一样湮灭了。它们在北方的苦涩雨水里，在这哀愁的夜色里和我的文字一起寂寞地燃烧，疯狂地挣扎，获得重生。夜雨扑面而来，温暖的玉石使得满室春色，残茶的孤独香味让我在古老的歌声中沉沦重又获得新生命。

期待春天，老木匠和那个蒙古男人会唱起人世间最忧伤的歌谣。

沧浪之水

一

在读书闲暇的时候我曾经翻阅过关于中国水利史和西方水利工程的图册。厚厚的用粗糙的麻绳扎成一札，图片和英文字母，还有繁体的汉字捆绑在一起。零散地辑录了中国古代几大经典水利工程和西方水利技术史。极专业的术语，繁杂的高阶词汇，严密的体系，我只有对照插图靠零敲碎打做一些简单的浏览。然而在这样的图纸上仍然可能确认南国的地理位置。

长久以来南国以她的神秘、热烈和诡谲的历史引诱着我。十九岁的时候我的写作过度依赖经验，也就是想象、语言游戏。这应该和隐士君子们纵酒的态度一样。在混浊荒凉的内心里增加一些自信和盲目，不足以克服内心的焦虑。与此相关，却是在江南长途的旅行让人倍感艰辛的同时也得到了安宁。

阳光隐在烟雨清冷的古徽州枯木一样的秋色里，一路飘摇到江南。流水中逝去的黑白历史，让我渐渐被一种阅读经验所困惑。清水色的屋脊，墨迹淋漓的原木、梁椽、屏风雕刻挡不住窗扇的玲珑秀气和石雕画栏古旧的情怀。水泊之洲，土木院落，尺轨方寸，迷雾中乌黑的砖瓦沉在浮尘灰与袅袅的炊烟之中，世事如棋，南国的底蕴就杂陈在这粉墙黛瓦和清冷的牌坊之间。寒秋空气潮湿，田园荒芜，四野荒莽的草海波澜不惊，人的心气与多雨的天气黯然生出悠然的情愫。

有时候你猛然清醒过来，停止理想主义的抒情，会发现自己原来是生存在知识的阴影里，这些知识隐藏在一个人的宿命观里，使他能认识自己是这些知识的奴役的对象，而不是一个自由的抒情者。能意识到压迫的力量不仅仅来自笔墨，更多的来自劳动的损耗、贫困的折磨和世故的刁钻。僵死的蠹虫，这样的文字只能被抛弃或变成文字无聊的游戏。

村落的存在，犹如黑夜里阅读所带来的诱惑一样致命，引领着我对这个自然界的爱和恨。秋叶散落在庭院的水池里，古代的文字和癫狂的笔法竟然拥有如此坚韧的生命力，如今它已经渗入我手中的家谱。我怀疑那是阳光的痕迹，从遥远的天际，越过千山万水，散落在这秋天瘦弱的河道。在这里你至少可以领会在如此众多的谵妄之语中有几分人情世故，几分奸猾刁钻。

红豆生南国，春来发几枝。

愿君多采撷，此物最相思。

甚至在令人心仪神往的南国，如今这样的情感已经不多见了。对于博物馆里展览的那些古老的地图和古老情歌的简牍，我曾经有一种固执的偏见。在文字和竹简都被粉碎，风沙埋葬一切幻象和激情，不允许奇迹的生存。地图、书签和简牍都是黄沙一样的土色，清白文字逐渐模糊，纵使本色不改，然而野蛮的力量足以摧毁最坚固的城墙和最坚强的心。繁华和腐生的杂草瞬间崩溃解体，化为尘埃。

二

从安徽南部的黟县到山墙林立的歙县，群山相连，书的虚妄与饮酒的寂寞在文字里肆意蔓延。温润的气候，晦暗的山光和清淡的水色，花鸟与水性的刺绣一同制造着我对语言的感觉。水木接天，乡关何处。青色的山体，河泽起起落落，错落的马头墙，粉白的风火墙，浸润着草木的腐朽味道与丹青意境，没有惊世骇俗的欲望和心境。现实的准则和神秘的局势围绕着心的私欲与身的体格展开质疑。这是一种症结，文字从心里郁结了伤痕，江湖味道的字词从粉墨知识的迷宫中沾染了病态的气质。那是一种特殊的匪气，浸渍着教条和世故，文字的盲目与圆熟成了最大的障碍。

读过古代类似《左传》、《周易》之类的书籍的人，内心对于黄土之上的苍天都有一个形而上的概念和理解。敬畏的心态和神秘的暗示，让人看不清楚知识和习惯的势力，连篇累牍，竹简已经腐烂，清音已经消散，典故、地图、乐谱、条律注疏和文雅笔迹都在这青天之下埋入泥土，坠落到虚空的时间中去。然而人心中却有一种极端的情绪在这高原的民风强悍的地域上层层沉积凝聚，青春的意义被消解了，渐渐涣散了。治史、作文和恣意妄为的清谈，从此埋下了隐忧。人从有所思开始就追究天的终极意义，在时间的沙海和汗牛充栋的典籍中皓首穷经。

从一种知识到另一种学问的入门，人在寂寞的民俗语言和无聊的市井语调中衰老、成熟，像鹅卵石一样目睹流水的时光。我时常在古谚中焦黑的文字里发觉出这些建筑布局的要义。这些坍塌的骨架和精整的木料竟然就是如此的不务时兴，笃守古制。蠹虫丝帛，一卷在握，休养生息，自以为掌握了漂流世事的手段。质朴的砖瓦，繁冗拖沓的课本、讲义，家族式的生活就这样消耗着，僵持着。

从庭院里可以看到屋宇翼角蜿蜒，轻巧的技术和四平八稳的教条统治着人的身心，文字与建筑黑白相间，一个人的阅世经验也就自然包含在这基本的哲理中去了。深重的木具和陈旧的空间毫无美感，少年意气游走在时间的边缘，一切都已经皈依这南国的水沙，慢慢下坠。我明白我的文字不能陷进迷宫式的村落，仅仅是一种文化常识秉承吉祥健康的俗世文字还远远不够。秋风瑟瑟，文字伤神，我安静地写着文字，宠辱不惊，粗茶淡饭，滚滚红尘从笔端坠落。紧张的空气里我不能脱身，笔迹纷乱，窗外春江之水一如苏醒之后的文字，一种汹涌的喻世名言。在这个漩涡里，手脚就和文字一样被禁锢。文字和士子一样薄命，带着辛酸和嫉恨。

〔清〕陈卓 石城图

在僻静古朴的书院、祠堂、阁楼这些公共建筑中间还有一种特殊的生存姿态。那就是敬畏自然的心态，身与言、行文与用笔、雕琢与封闭都是这种心态极端的呈现。修身齐家治国平天下，油漆与木屑层层剥离哺育它的母体，质地与心地完全暴露在阳光下。门楼、砖雕与藻井，还有精巧的雀替、刀法与心智，把人的身心同时推向了远离烟火的方向。铺开纸张，裁纸，研墨，暗香浮动，逆锋而就。还有院堂四水归一的技术设置，这样的思考隐含了与世无争的哲学观念和价值观。一如回归汉语言原始的场景，巨大的水墨画楚楚可爱，动人心神，处处类似浮雕的笔墨渲染着诡谲的词义。我以为笔墨一生、云水生涯不过就是这一册书的厚度。浓艳的山色和四壁颓败的字幅随秋色凋落，声如裂帛。目睹这样的秋色，我胆战心惊。

孤独是一种心的绝美之境。在现代和古老的民风之间，人陷入历史的夹缝，呼吸倍加艰难。

三

人的语言与他的身心的健康是联系在一起的，那些古老的甲骨从土层里被发掘出来的时候，写作的意义就复苏了。

语言的历史盘根错节，语系、地域的差异和种族的异端，让人难以理清其中奥妙。人的语言可贵之处在于可以被用来表达他遭受的伤害、不公正、侮辱和挑衅。这个时候语言是正义的。当语言被用来表述一种被强制、奴役、压迫的愤怒时，语言就复活了它唯美高贵的天性。人有权力和责任质疑，拒绝谎言，直面真实的惨痛。通过语言，每个人都有实现自己权利本身的权力。在权威和小集团面前，语言拒绝遗忘，拒绝下跪，拒绝媚俗。语言作为生存的困境中求生的方式，不惧怕卑劣者的威胁和利诱。

仍然可以记得，在春秋战国时期诸子百家的学术争鸣，那是一次极有水准的交锋。言论自由固然要受到王权的压制和胁迫，但是她总能顽强抗争，争取生存的权利。语言与自由表达的权利就是这样从专制的势力手中被夺回，尽管代价极其惨重。

多读古书，这是对历史抱有幻觉的人一种特有的迂腐。翻阅《山海经》，我曾经怀疑这些知识的真实和用途。禹、启时代的地图大量佚散之后，只留下单薄的文字，写作的意义就是这样脆弱，甚至容易丧失一个自以为坚实的理由。

在中国古代思想发展史上,稷下学派一向为人所称道。有幸历史记载了这些有名的争论。它让我相信汉语是一种美的语言,在杀戮和疯狂蹂躏下她存活了下来。用她的血液滋养着的文人雅士却用粗鄙的价值论伤害了这种情感,我们不能原谅,也不能宽容随着寻根热潮和忆苦思甜被当成炒作的噱头。如果过分强调汉语在民间的处境的优越,这是过于乐观的结论。

人类从丛林中学会使用火和攻击性武器的时候,我们把他们磨制的石器、木棒、编织的渔网称为这个时代的真理,适者生存,代表私利的语言就此出现。这是一个与强势世俗势力争夺权利的过程。殷墟甲骨、肩胛骨、竹简,还有鼎与陶钵,这些充当了知识和人生寄寓的神圣物品,它们使语言获得了不朽。

语言是一条文明的河流,没有这些河流的滋养和哺育人的生存都是不可想象的事情。但是当语言成为一种权势用来谋取暴利,反复在固定的小圈子里打转,这样的语言和以这种语言作为母语的人都是没有出路的。母语不是一种私有财产,她不能忍受粗鄙的指使。她是自由的,身体的束缚和枷锁都将被一种平等的观念和独立的意识所凝聚的力量粉碎。

四

多年来,我一直在固执地寻找回归家园的道路。古代如异乡的,在我的地图上曲折蜿蜒,车马的影子和落日的苍茫,草原的孤独,都使我感到焦躁。我的家乡在遥远的西沙河,我在那生活了许多年。我曾经试图对这个世界之外的事物保持缄默，我力图忘记村庄之外的每一个概念。因为我怀疑语言本身的可靠性，试图忘记村庄之外的每一个概念。

我怀疑语言本身的可靠性。语言是危险的，它从我内心开始统治我的思考。我是语言游戏圈子里的一个牺牲品，我的语言越成熟我受到的摧毁越猛烈。无从对写作的价值和技巧进行判断。一个叛离了家园和经验的人越过这条河，没有立即变成纯正的知识分子，而是持久的流浪。我之所以还记得这个名词，是因为我永远在这个词语的预言和暗示之中。追求知识就必须为知识付出必要的代价。我是一个词语，知识的奴隶、寄生虫。我不择手段地利用词语，我也被我的语言残酷地利用，没有人替我揭开谜底，我只是强作从容，将我的语言抛弃，只保留沉重的枷锁，我相信这才是语言的本意。

人的弱点一开始就被那些古老的甲骨文所记载，物欲与情欲在古老的戒律和苛责的章表文体里被投入烈火焚烧，但是虚妄之魂灵依然不肯死去。

这只是一种悲痛，古代的知识和思想不能提供这样的支撑，只有你独自一人在这个时代的晚上默默伤心、愤怒、心存忧虑。生不过百年之间，但是这伤痛已经折磨了我五百年。乌托邦的虚妄情怀不肯轻易抛弃，没有直面伤逝而去的情感和风景的能力，这足够我抱憾终生。引经据典、依托转述文献和手工制作了那么多文章，然而它们死了，我感到恐慌。有时候你安静地阅读些旧书或者信札，你的心里会有一种莫名的毒火，那你是中毒了，那

〔明〕唐寅 溪山渔隐图

些文字和积习让你喘口气都倍加困难。暴烈的文字和你仁慈的脸面看起来怎么都有点可怕,忧从中来,你是彻底地晓得这其中的玄妙和阴谋了。这些文字本身就是一个阴谋、骗局。你真以为人是万物之灵,你最不应该忘记人的种种弱点、欲望、愚蠢,这些都是和你写的文字一样具有毒性。阴冷寒湿的文字暴露在阳光下,你会惊讶原来你喜欢的句子和语言不过是丑陋的残骸而已,美遭遇这样的悲剧,早已折磨殆尽,死在你的笔下。你已经没有能力写出有生命气息的文字,只能原地徘徊,在这地图中的苦水河以及腐烂的水草中纠缠不休。可笑的是你的手还活着,变成了凶恶不负责任的工具,职业性地挥霍文墨,这是不可原谅的罪过。

人生不满百,你这份过失恐怕你一辈子也无法偿还。如果你了解了这些,你就会了解这些普通人的忧虑和心愁。天的观念和意识就隐蔽在我们日常的行为中,比如货币、管弦、音乐、历法。黑色的墨汁在青色的砚盒中慢慢沉积,明媚的阳光悠然透过八面玲珑的窗棂的雕花镂空。但是在夜晚,这里只有清苦的灯火,还有星空。雪与泥水,笔墨与篝火,这是村落极其朴素的内在仪式。三春的雪水和散发着湿气的浑浊泥水,还有麦子的清香,嫩绿色竹子制成的笔杆。

应该有这么一种足以令人恐惧的力量,它存在于你的笔墨的最后一滴,你猜测,天究竟是一种什么样的预兆呢?

从落叶铺满的山崖遥望清秋的南方,残损的花叶飘落在黯淡的屋脊和瓦层上,俯瞰这山谷下临水聚居的村舍,仿佛就是鱼的乌黑脊背。临水照屋，人的秉性和流水郁结成苔藓，茅茨不剪的屋宇几近在秋风中坍塌。古典翰墨，清幽山水，世间风物，不过残云似地去了。

一叶障目，时光的水潭悠悠，犹如语言的沼泽，陷入对古代庄周的文本解读中去。清香的朱墨，柔软的竹帛，文字和行走的意义已经突围出曲折的地图等高线，我才知道心有多大，世界就有多大。

深秋，我从杜甫草堂回到我安静而落落寡合的村庄。文字孤寂，然而有风雨不动安如山的心力，南国的沧浪之水淘尽我身后的寂寞，我不再孤独。

南北过客

一

巴音布鲁克草原，青草在阳光的沐浴下像波浪一样起伏，牧人低沉的歌声穿过湿漉漉的草丛，黑色的骏马眸子里闪现一种奇异的光芒。

青色的山峰，湛蓝的天空下，牧人悠闲的身影来回晃动。黑骏马乌黑发亮的皮毛，和肥沃的草场上长出来的嫩草一样有诱人的色泽。阳光落在马群中间，整个草原只有牧人的歌声孤独地回荡。

那是一种蒙古语唱出来的古歌，整个山谷都充盈着低沉的回声，有时候那声音流水一样倾泻在草地上，马群在安静地吃着草，偶尔发出细碎的咀嚼声。

牧人的身形有点佝偻，脚步蹒跚而急速，灰色的身影很快就消失在山峰的阴影里，一种神秘而古怪的骚动的声音开始隐约传来。

巴音布鲁克草原，古老的歌谣散发出惊异的呛人的泥土味道，像阳光下黑色的干土块。

那是一种绝美的语言。句调婉转，音律和谐，浑厚而古雅，伴着那些发泄的粗俗的歌声，使人久久不能平静。

我一直认为，这是巴音布鲁克草原的我学习蒙古语的启蒙。这种语言的本质与汉语之间神秘的关系，使我无法清楚。

我站在山麓的阴影里喘息，我像一匹衰老的马，对周围的生存世界缺乏足够的认识，充满忧虑。我像一匹马在这个世界寻觅一种知识之外的智慧，我的唯一行动就是不停地奔跑。一切都是在自己艰难的支撑下，经历了悲壮的抉择才熬过来的。恶浊的空气干扰着你的判断和思考，让你暴躁而感到愤恨，失去耐心而默默无语。

无数次听到那些古老的歌谣，我使尽力气在种种伪歌和垃圾中找到你，你依然是当初那样，给予我安慰，然后告诉我面对这个世界的形式和方法。然而你不是神，你也只是一种富饶文化哺育的语支，我们都已经暴露了自己的脆弱，伤痕累累。你从来没有改变自己的，而我却已经开始动摇，再难找到当初的你。

语言的学习是一个艰苦的过程，我只能竭尽全力获得你的形式，而不能避免无知的尴尬。在这无边的草原上，我只是一个失去方向感的孩子，我没有足够的游牧经验获得你的承认。尽管我能理解你的苦楚和辛酸，还有你的倔强和激烈。我写的文字只是让你感到痛心，而我依然不肯放弃，因为你哺育了我。

我是一个牧人，我的写作在这个命名下轻松而又艰难地进行着。一切与奇迹无关，与技巧无关，与你们的解构无关，我独自对抗着我的命运。无论你改变你的形式，还是放弃对决的资格，而我都将继续我的原则。

在污浊的空气里挣扎，在欲望的海潮里求生的你，你知道什么是蒙古语吗？蒙古语，那是一种强烈刺激你脆弱神经、冲击你低沉的语调的语言。换句话说，它可以给予你认识美的能力，激发你枯萎的感情。低沉而富有穿透力的异族音乐，浸渍在我这个汉语言的文化哺育的儿子身上，我获得了一种不同以往的灵感。多种文化以她丰富的内涵和激烈的本质刺激着我，引诱着我，辅导着我，让我在伤害中体验到一种关切。这些音乐和特有的文化，让我具备了迅速复原的能力，让我偏激的心性多了一种新的发展的可能。无论是在巴音布鲁克草原还是我从来没有去过的其他草原，我隐约感觉到了一种文化的感染力和强劲的内在生命。它不在教科书和研究所，而在那些嗓门粗大、底气十足的牧人的心里。

蒙古长调，大名鼎鼎的《黑骏马》，还有那些不知道名字但音质纯正的无名氏的歌，是我钟爱的歌谣。它是那样的与众不同，音质奇异而神秘，低缓而悠长的节奏慢慢地将你包围，你只能放弃抵抗。悠长的《黑骏马》浑厚而充满力量，这种气质曾让我久久不能忘记，久久地怀念，反反复复地吟唱。它没有占据我整个世界，它只是默默回荡在我的那个狭小而不狭隘的世界，等待我的皈依。我找到了那熟悉的节奏，我充满感激地看着迷茫的前方，音乐的潮水已经将我淹没在这个割裂的世界。

〔明〕仇英 辋川十景图（局部）

那些古老乃至流失的音乐是一种教人懂得爱憎、懂得生活的东西。这些最富有人性和最能激发人健康情感的音乐艺术就这样影响着我的生活和思考。音乐和语言的本质就是这样天然结合在一起，蒙古语的特质和音韵，将草原的动荡的色彩与奇异的音质混溶在一起。生死都结交在一起，不能分割。所谓音乐和文学的定义早已在这里被猜破，它告诉你，美的体验和绝望都是一种危险和伪善的叙述。

二

我最漫长的一次旅行是在一个夏天。那是我有生所经历的最漫长而最有意义的一次旅行。从遥远的巴音布鲁克草原经格尔木、黄土高原、淮北平原，进入南国水乡。

列车经过黄土高原的时候，我见到了久违的中原，水雾迷茫一片，黄河水声沉闷，车窗外雪花无声地坠落在腐烂破碎的土地。两个同样破碎的世界，我的文字不能缝合这巨大的裂痕，在颠簸和晃荡的深夜的车厢里，我沉迷于这样的风景，夜不能寐。

列车进入南国的腹地，绿色的丘陵，红色的泥土，感性的古老河流，汪洋恣意的绿色使人忘记了焦渴的北方黄土高原那种刺目的旱色。清夜时分，火焰般的草绿摇曳着车厢的灯火，我的阅读进入了状态。

旅夜抒怀，无论是写下《史记》的司马迁，还是不肯与世俗同流合污的屈原都会因这漫漫长夜而困惑。南国的河流，犹如清冷凄迷文字一样，向我展开的是这个世界残缺而冷酷的一面。地图、司南、宣纸、残损的笔墨，还有书房朱红的门板裸露的疤痕，质疑着我的情感。虚假或者伪善，落墨的时候，朱红色的篆字已经宣告了我的命运。这是旧时代的思考方式和价值观，颓废或者反抗，我都已经注定要失败。虚假的山水，肉感的音乐将我折磨在这沉沉旅夜。民俗学的知识将我的信心几乎耗尽。我无心将文字的根基建立在古老的陈旧风景上，我只是渴望一种新的视野和思路，一种痛快淋漓、毫无羁绊的畅快抒情。我只是想将那些抽象的虚词和情感表达得具体一点，或者，我渴望得到那种正义而清洁的文字，那种破除了旧的偏执和狂热的文字。有时候我憎恨那些土地，我厌倦了封闭乃至令人窒息的空气，那些毫无意义的浪费巨大精力的颓废文学。

南国漫长的寒夜和我流浪过的巴音布鲁克草原有着极端的不同。这样的旅夜神秘而凄清,幽怨而枯寂,你充分感觉到了文字的无力,这不能不说是一种悲哀。对这样的感觉做出清醒的判断是一种痛楚。当叙述走向隐晦和灰色的抒情、辞藻和陈辞,我感到心力衰竭,泪水无声地落下。笔墨枯萎,所幸我没有陷入文字的泥淖,没有陷入宗教或者皈依虚无的理想。我的心火烧毁那些肉体气息的文字,灰迹飘洒在这衰老的水流中,南国就这样重新在这寂寞的寒夜旅途中给予我煎熬。不知道是不是所有流浪者的内心都有一个终极的方向,它或者就是一个形而上的隐语。我常常提醒自己对这样的写作态度和状态的警惕,我所表达的价值观和思绪都将因我的失误而成为可耻的文字,也将因我的清醒而侥幸存活下来。也许它被破坏得面目全非,但我不会放弃这种可能性。

记得见过南国的秋天,透过车窗,雨水冲刷着从黑夜破碎残疾的风景。泥质红陶,浑浊的黄酒,残茶的渣滓,黝黑发亮的水罐,龟裂的木板,南国的风景和一种入世之心都留给人冰冷的生硬印象。暴雨倾注在虚无的大地上,仿佛一切都消失了,静止了。只看到灰色的天际,雨水蹂躏着那些梧桐树的枯叶。那些在大雨中残败凋敝的乡村引起了我一种莫名而又复杂的情绪,一种单纯的偏激、震惊。你看着雨水将腐烂的一面掀开,暴露在你面前,使人瞬间承受不了这种真实而陷入虚无和悲伤。即使你从事的是一种乐观的写作,你也心有余悸。看着黑色的铁轨碾碎那些砾石和树叶,我也担心被吞没在这样的感觉里。

我曾经很自信地认为，我对南国的地理和风俗的认识足够我信口开河。但是时代不同,背信弃义、堕落卑劣的行径如今已经已经渗入到清高的知识分子的血液里。我不得不重新认识我们之间的关系。

三

我一直认为在南国的风雨之夜，除了那些莲花、乌篷船之外,还应该有一种健康硬朗的东西。尽管我不得一次又一次地改变我的看法。

列车经过那些村落，你可以远远地看到房屋瓦上的釉质层与雪青色的水罐，还有传统的民居红色的纸联和黑色的墨汁涂写的吉祥文字。晃荡的车厢里,那些朱红的文字看上去有一副瘦弱而精练的骨骼,世故而落寞的样子。那朱红的字联和幽香的纸墨的气息弥散开来,笔墨的毒性侵蚀着读书人的心志。

冬天的时候，罕见而肆虐的大雪湮没孤苦无依的村庄,大地、神像和佛龛。我躲在车厢的一个角落默默注视着这狂乱的雪花。那是与巴音布鲁克草原上铺天盖地的大雪不一样的一种迷狂。我在车厢里感到刺骨的寒冷了,我打着寒噤,不住地来回走动,晃荡的车厢在田野沿着乌黑的铁轨慢慢地滑动着。巨大的声响和尖锐刺耳车轮与铁轨摩擦的声音让我莫名地焦躁起来。我的手脚冰凉,眼神呆滞,思维几乎停滞了。我带的书再也看不下去,这白茫茫的大雪,让我失去了方向感。

列车呼啸着沿着铁轨前进，我甚至感觉到那车体的压力和铁轨之间摩擦出火花，那火石引燃了那些即将腐烂的野蒿，死雪堆积在火石的上面，透过车窗我看到这突然降临在荒野欲望的大雪。

夜雨之后就是销魂的大雪。无形的锋芒和刺骨的冰冷，这是死雪的寒性。那些隐伏在丘陵和山坡后面的山村的道观寺院，香烟弥漫，看不到阳光。屋檐下，到处是一些毫无光泽的茅草、泥水。围墙外，裸露着荒野的雪、青石、黑泥巴，覆盖着野花的残骸。到处是黑色淤积的泥土，那些不死的野草还企图从这腐烂中顽强地生长起来。

雪花纷纷扬扬，与在蒙古高原或者黄土高坡遇见的大雪不同，它没有那种破灭般的气势，只是让人感到压抑。这让我突然想到，这个世界一切事物都有被毁灭、清除的可能。

我也许只是这南国的一个过客，我的世界应该在北方，但是我仍然喜欢这种感觉。我走到了这里，我不会后退，我接触到了新的事物并且获得了新的视野。在悲剧开始之前，在真正的抉择之前，我相信我能够支撑到最后。

黎明的时候，看着车窗外那些浑浊的河流，泥沙仿佛是从遥远的尘世飘落，堆积在河床上，腐烂的或者沉入水底的纸灰在月光中弥散着晚春的气息。文字的幽灵在这纸灰中复活，这个时候的写作和灵感都是经历了绝望和悲观的打击之后，沉入水底。可以想象汨罗水畔那种久久不息的伤感，那种花骨朵的腥躁气味和破损的根茎流出苦汁时候的尖叫。高贵而华美的草木在恶劣的环境中生出毒火,有一种哀怜和心冷。但是这毕竟还只是一种感觉,无法使你相信。

南国的夜是神秘而漫长的。随夜色弥散着的是植物水草特有的笔墨的味道。

夜是虚无,如果你深夜醒来,看着车厢外那些村落,那些寂静落满月光的庭院,影子斜映在铁轨两侧那些青灰色民居的屋脊之下,你寒冷的心会不会有些温暖的感觉呢?

四

在寻遍了整个世界之后,我依然没有找到你,如今我还是没有放弃。我已经变得不知疲倦,不知劳累,不畏艰难。看着那些衰迈的、被遗弃的事物,总能让我倔强的心有一丝遗憾。刚烈而毫不顾忌的文字引导着我,如今变成了我怎样改变一种旧的知识和观念的问题。我站在你们中间,感到从未有的渴望。

在巴音布鲁克草原,我早先水银泻地般的文字如今带上了青草味道的忧伤。虽然我不喜欢草原上的某些习俗,我还是会在进入它的时候感到激动和欣慰。它是我理解知识的一个背景,我需要一个阔大的世界来容纳我激烈的思考和情绪。

我喜欢阿尔泰语系蒙古语族的那种文字,那种现世神秘主义者的音乐。世,就是迁流;界,就是方位的意思。世界是一个虚指,一个虚构的形而上。然而神秘并非是愚昧,就像现实主义未必就是落后的文学。内蒙古、卫拉特、巴尔虎-布里亚特,这些感

〔明〕恽向 秋林平远图

性的方言,变异或者分化,它都会保留着原初的质地。没有谁指给我行走的终点,只有自己心的判断、灵感的涌动,才能让这不死的心声在我步履蹒跚的时候给我希望。

这就是南国的神秘之处。在这样的黑夜、这样的旅途,我终止了一切阅读。我对文学简单的理解和对真正艺术的渴望使我不倦地追求一种掷地有声的语言,向往一种唯美的现世的文字。它是个人的经验和体验的结果,也可以是你面临的整个世界的暴力与恶的束缚、刺激。它面对的是无数个你的苦难、无数种语言和文化、现实的灾难和集体的理想,最后却还是要回到你的内心慢慢沉淀。

很遗憾,你告诉我这不是文学,你没有告诉我这是什么,我已经不需要你的答案。这就是生存本身的答案。我并非一味迷信作为我母语的汉语的质地、骨力、气象、历史。她的贫弱只能让我感到迷失,但我同时将会坚定。我不喜欢模仿一种勇敢的姿态,我只需要慢慢地理解,理解你与我之间的秘密。

如今,汉语的历史与神话在这漫长的雨夜被泥沙覆盖,看不见人间的烟火。田野里一切生命仿佛都消失了,融化了。大雪带着尘埃呛人的古老气息,在迷茫的夜晚,在我的视野里蒸腾、聚散。大雪从黑夜的大地上飘落狂舞,扭动身体,转而沉寂,企图毁灭旧的生命与衰朽的身躯。神秘的音乐从雪夜而降,文字撞击的金石之声已经消散了。雪花在灯火的映照下,犹如遍体鳞伤的黑色大鸟,黑暗暮色中蹈火的风,撕裂着这个世界伪善、诡谲的面具。雪的白色凝成黑色,禽鸟的图腾飞舞在夜色里,那是花的精灵。雪从黑夜寂静的土地上，这样的文字渗透在欲界，与这个世界的本质、流浪的本义隔绝，在有形与无根基的世界中漂泊。大雪在东风中剥开黝黑坚硬的泥土，埋没一种腐朽的文字。

五

第二天，列车到了临近南京的一个小站的时候，南国罕见而妖艳的大雪降临了。黑夜的雪，混合着南国凄苦的雨水弥漫在四野，火车呼啸着碾过铁轨，我听到有一种瘦硬的文字坠落的声音。

城市与村落构成尘世大雪中缥缈的两个终极理想。列车是在一个疯狂而喧闹的城市出发，经过村庄，破旧的老式军绿色的火车呼啸着进入南京，我要去看看那些久违的风景了。

南京的古老城墙空荡而颓败，鸟粪、泥灰和划痕使整个南京城显得衰老。这座城市在丧失着她的记忆，然而南京城并不是一座废都，它还有生命，有着伤痕的历史沉积的城市。它如今是一种文明与繁华的身份出现在我的面前，我看到了伤痕和病菌的侵蚀。曾经的战火和侵袭、污辱与疯狂留下了城墙上斑斑的弹痕和苔藓。我站在城墙的死角，大雪遮蔽不住这个城市的黯淡角落。在这里你看不到明媚的阳光，只有黑色花岗岩、笨重的砖石、汉语衰颓的血脉。

第三天，我没有去看大名鼎鼎的明孝陵，离开了这个城市。南京渐渐地在我背后模糊了，我也不时的透过车窗看着那时隐时现的模糊的城市的轮廓。也许只有从大海的中心才能看到真正的大陆的轮廓，在这里我看到的只是潮水般的人群、公共汽车、广告海报,以及突然发生的某些意外事件。古老的大陆赋予你唯美激烈的语言和情感,那是源自大自然的骨气、坚韧、坚忍的语言。我所看到的只是文明的一角，很多事物需要你细细分辨,细细思考,然后果断地做出你的选择。

我的情绪不可描述，就像我当初看到甲骨文这个美国公司的时候会惊讶而认为它是中国的某个儒商的私营文化公司。石头、铁器、甲骨文、玉石、竹木书简的历史终结了。无论是汉语的美感,还是我偏爱的蒙古歌谣,都成为一种伤逝的美。然而这不是注定的命运,我以为这是一种变迁的形式。南京的城墙、文明的地图、交错的轴线、语言、符号、图像、记忆都在衰颓,就像一种仪式,形式与语言都在这雪花中埋葬。天性浩然奔流的大河、寂寞的源头会消耗你不少真正的心力。旧的形式被迫或者注定被改变,而新的未知的形式还会让人陷入困扰和疑惑。

乌黑的铁轨，雪花缓缓飘落，列车在黎明的时候离开了南京。田野里雪花已经在温暖的阳光下开始融化,湿漉漉的风吹进车厢,可以嗅出春泥的清香。荒野的气息浸润着人焦躁的心,春潮来临,再一次将我淹没。

庚子年的读书课

一

1898年，光绪皇帝下诏，京师大学堂在北京设立。时隔一年，20世纪的开始，晚清政府签订的辛丑条约之前的一年，便是庚子年。这个世纪的第一年，中华朗朗的读书声终于不能持续，方圆九州内忧外患，人心骚动。光绪二十六年，晚清庚子年的一个傍晚，五月廿五日，两道上谕，让后来读史的少年心潮澎湃，难于平息。大沽口炮台狼烟滚滚，戊戌年的京师大学堂，次年便遭战火破坏。晚清的黄昏，大学堂的读书声慷慨激昂，声声入耳，字字惊心，少年的读书郎风华正茂，如今站在了大时代的课堂上。在那炮火震震的晚清，咫尺之外便是北洋海军、铁场、学堂、坚船利炮。京师大学堂上承太学正统，下立新学祖庭，那读书声是晚清时代的绝响。

如今的中国，我很少再听到这样的读书声。

一词一句，一腔一调，掷地有声的中国话，标准的调子，拿捏的气韵，不减当年的风色。那声声入耳如风雨击打，那铿锵如金石的声音，清脆朗练的声音，难不成已成绝响？

常常在图书馆读晚清洋务运动时期和五四运动史，直到笔录纸墨收拾完毕，路过自习教室，挟着厚厚一叠晚清的策论、奏疏、论辩、上谕的复印件、零头的史料、辩士的言论，学生们互相扶持、营救、搀扶，一肩担当的场景仿佛历历在目。公车上书，漫卷墨香，字字淋漓，一页页的浓墨楷书，一卷卷的档案副本，我侧耳躬身，想听到那低吟处的声响，细微琐碎的声音穿过书页和纸墨，穿过缥缈的空气。

二

我一直觉得，应该读一读庚子年的历史，温习一下那个时代的书卷。

晚清北洋水师曾经是国人的荣耀，“致远”号管带邓世昌的那句“撞沉吉野！”在相隔一个世纪之后依然能让人热血沸腾，为什么那朗朗华夏的读书声不能复现呢？庚子年的中国，西方的军事思想、军事制度、战略战术、条令教范还没有大量传入，大学堂、私塾里的孩子、少年、青年的读书声仿佛让我回到古代的翰林院，那学富五车的大学士观察世界、分析时局的眼光和视野确与腐儒不同。

开眼看世界，日本列岛向北延伸与千岛群岛相接，向南依次排列着琉球群岛、台湾岛、菲律宾群岛，犹如一条由岛屿组成的链条，横亘在亚洲大陆东侧，将亚洲与太平洋隔开。1868年开始的明治维新为日本资产阶级军事思想的形成开辟了道路，那个时候的读书声从这个地形狭窄的岛国开始了一种狂飙式的突进。

在政治地理学成为近代的显学之后，所能庆幸的是在乾嘉空疏治学之末，庚子年的中国学风空疏，糟糠心气的策论之谈开始触及问题的根本。庚子年的中国版图，这晚清的中国书院，无论是穷乡，还是京师，中国古代的那种字正腔圆、落地有声的读书声依然声声入耳。唐虞三代的读书声，贞观八年的策辩声，庆历四年的对答声，戊戌年间的奏疏声，声如裂帛，是一种质问，也是一种疑虑。那朗朗的书声，焦灼的目光，徘徊的脚步，惊慌失措的笔墨，也在考量着一个青年的眼界与耐力。

五音不全的少年且能有这样的专心，阅读课本，大声诵读，不焦不躁，没有厌世与悲观的冷眼。

三

穆罕默德说：求学问尤，当去中国。

1900年，庚子年是中国近代史上重要的年份。终于能找到大时代的课本，那就是庚子年梁启超的《少年中国说》。那短刀匹马，驰骋中原，席卷欧洲，血战海楼，一声叱咤的少年，翻着中国历代的文牍，也许只有古人的句子有这种心气和大志了。

操吴戈兮被犀甲，车错毂兮短兵接。

旌蔽日兮敌若云，矢交坠兮士争先。

庚子年的课本,读书声是已经不再是私塾先生念诵的,不再是稻粱钱米,这种声音是中国古代最高学府精神在现代的延续,中国古代多有策士、谋士、壮士、英雄,也有这烽火连天、读书问忧的华夏少年。晚清以来,便是梁启超的《少年中国说》深得少年之心。

读这样的书卷,初而拍案,继而抚髀,终而揽镜,我在夜晚的阅读中揽卷不语,步履、视听、言语,不能自已。那朗朗书声,许是汉代的博士、家僮,许是灯火扑流萤的少年,许是跋山涉水、周游世界、负笈海外的求学者,许是横渡沧海的传道者。

回想梁启超1891年就读于万木草堂,此后读完《瀛环志略》和上海机器局所译西书,1895年春再次赴京会试,与康有为一起发动在京应试举人联名请愿的"公车上书",1897年,任长沙时务学堂总教习,在湖南宣传变法思想,匆然之间,时间已经是逼近庚子年前。大时代的中国给少年的教育总是如此突兀而激烈,瞬间便能分辨出高低水准。

> 普天下灰心短气之事,未有甚于老大者。于此人也,而欲望以拏云之手段,回天之事功,挟山超海之意气,能乎不能?

庚子年的课本终于配得上大时代的教诲,梁任公的质问和激词,隐约让人欲罢不能。

我只觉得,如今读书,须得先诵此书,然后方可释卷。它需要的不是考据,不是策论,它只需要你一字一句地慢慢读完,只需要你发音清晰,唇齿相击,字正腔圆。这样的文章文章不拘格式,

〔清〕蔡嘉 秋夜读书图

不用典，不啰嗦，比燕国的策士、齐鲁的贤达更为激切，甚至莽撞，但是这样的热情确是罕见了。先生心气奇高，在著述之路之外，独辟泰山，写出了这样的一卷书，庚子年的读书课，终于有了值得执卷相握、临墨提笔的大课本。

这卷书，短得有点急促，细细读来，也许不过万余字，想必在庚子年的京师，或者偏僻的学堂，提笔的时候是心怀万千，心听千里之外的炮声，看着大海的潮水一浪掀起一浪，波涛汹涌，这笔下才有了大时代的风采。少年之于中国，此书之于青年，已经超出诵吟、抄写笔记的概念，它远比后来五四时期陈独秀的文章更让人激动和惊讶。

也许在故纸堆里，这样的句子显得太直露，不懂得润湿，在偌大的学堂里，找不到一个可以一起诵读对答的人，但是这只是太过于悲观了。在此卷之外，学堂里的少年辨识着汉字，追赶着光阴，他们那吟咏的珠玉之音铿锵倜傥、风流洒脱。这样的课本和书卷，给了少年更多的心力和支撑，使人相信，如今的中国，你行遍万里之路，仍然能找到这样默契的声音，轻轻地敲击心坎。

四

河出伏流，一泻汪洋，阅读一下晚清的地图，读读那些传译的地理书，会更能体会世纪初晚清黄昏的语境突变与奇怪。这样的知识并不晦涩，在经验与心气之外，确是有着难耐的隔膜。

硝烟散尽，耳畔回荡的仿佛即是大学堂的少年们那清脆的声音。这样的声音，当你读读这课本的时候才能领会“如此壮丽浓郁、翩翩绝世之少年中国”，接触这样的真知，才能谈得上有心得体会。

读一读晚清的《瀛环志略》，文化的分蘖，河流的交错，版图的扣合，使得这一切理解起来都是错综复杂。这样的一种知识须得心气和视野齐备，耐力与气魄皆在，才能习得。

我的读书课确是从少年时代就已经奠基了，我的著述一切都与稻粱无关，我只看到那大时代的课堂，那一卷卷正疏，一册册的书论，代表着一代代少年的探求之心。此种声音，没有半点苟且、戏谑、犹豫、怯懦。

如今的中国，虽不再有诵读《三字经》的读书声，也许太学的学统是中国古代最高学府在现代的那种铁肩担道义的精神的延续，但那种慷慨激昂我确实在庚子年残缺的课本中寻觅到了。

侧耳倾听那晚清庚子年的读书声，世纪初的曙光慢慢从地图之上的海平线升起，课本中新的知识总是能为少年带来渴望与期待。那不在是天下郡国方圆四合的读书声了，它是属于字正腔圆的华夏少年的希冀。

这样的课本启蒙对你我来说，仍然是最关键的一课。

山外青山

我是一个来自古中国的孤独的孩子，在秦岭的雨夜迷路，我背着甲骨文与竹简登临终南山，在此守望天下苍苍的河流。古中国的大地、春雪与日光，构成钟鼎文与汉代帛书的精神核心。以雨水、光、泥土和墨抒写的美，是中国的先知与史官们的春秋大义。

然而，古代又是幽玄、神秘、漫长的，七里稻花香，镜中忽隐忽现的女子，岭南的茉莉花与红豆，还有线装书里大气沉凝的寓言、精灵，它们是那样的美。在现代都市的夜晚，灯光之下，古代的神秘与幽香重生，你的灵魂已经进入冥想的寂静时空。

青青稻香

清代嘉庆年间的上虞县茶坊，一只萤火虫带着青衣的秀才，穿越十八里水路，来到稻花飘香的会稽山。绍兴府墨色的水稻淡淡的清香溢满乌篷船，一路上顺风顺水。久居在金陵的藏书楼、邕州的私塾宅院里的萤火虫，飞过翠竹坡的酒楼茶肆，带着草木的清远与芬芳。秀才行囊里碧绿色的稻花纸笺，写满情意绵绵的古体诗，会稽山的油纸伞斜插在苏绣背囊里，千里水路，摇着船桨晃着橹，喝一盏黄酒，吃一盘豆荚，读一册小人书，到了建业或者更远的湖州，已经是稻花飘香的时节。

私塾外是山脚，山脚下是稻田。在私塾里偷读妖精志怪小人书的书童们，喜欢细笔薄纸描摹那些触摸在稻花丛中的鬼怪。喝着甜米粥、黑芝麻糊的书童们在私塾里讲如何捉萤火虫，捕飞蝉，站在屋顶的碧青瓦上看着山脚下的农夫种植水稻，想着秀州刺史的故事。稻花的清香飘到私塾的藏书楼里，书童们听着蝉儿的鸣叫，磨着墨，写着字，水稻悠远的香气和墨汁混合在一起，笔下的方方框框里写满了板板正正的汉字。

私塾先生说古越的鲜鱼，汉家的粟米，层层叠叠的水田宛如棋盘；远山的水稻如草绿色的刺绣，有明媚的姿色与光泽。老先生字正腔圆，能吃五斗米，写方块字，骑枣红马，讲故事，掉书袋。讲会稽山下稻米酿造的女儿红选酒数坛，泥封坛口，埋于地下或藏于地窖内，浓香飘满十里；豫章郡、衡山府，江南的水稻丰收后由船只运送到含嘉仓、淄州赵岩口、郓州付家岸，粮船的运送要历经月余。避开绿林好汉、山野草莽，官差们喝完黄酒，抛锚抵岸，等卸了粮船，吆喝一声齐聚一团，直奔酒肆。杯盏往来，迟疑者罚酒三觞。

荆山以南、衡山以北，古人在迁徙之中把水稻的种子藏在衣衫的夹层里，青色的布衣和暖茶色的水稻颗粒沾满泥土。陈年水稻的颜色或紫或红或黄，或接近酒的琥珀色，贮藏在陶仓或壶罐，水稻是晶莹剔透的珠玉，每一粒水稻都八方玲珑。古人挥毫泼墨长卷铺地，怀抱斗米，笔如龙蛇，阪上走丸。一粒稻米，一匹丹青、朱红或者翠绿的丝布，青青的禾苗，笔墨氤氲着山野里沉静闲逸的气质。苍茫的武夷山脉绵延千里，绿色遍野，读书郎鲜衣怒马，青花骢，飞彩紫绸衫，宛若蝴蝶穿行在稻花丛中。

汉代的地图上，通往江南的水路曲折盘旋，绿色的野生水稻在豫州古老的池塘和水田边唱着歌。水稻是禾本科植物，单子叶，一朵稻花会形成一粒稻谷。古人把稻谷装在色泽古朴雅致的陶器里，你可以嗅到山桃、杏树、紫丁香的气味。稻米酿成女儿

〔明〕蓝瑛 秋山红树图

红，十八里水路都飘着醉人的清香。初秋的水稻涩涩的香气沾满纸笔，线装书里的稻花纸，家书里的彩云笺，字里行间散发着淡淡的清香。明清风调雨顺的丰年，撑着油纸伞划着乌篷船的客人站在船舷看着两岸鹅卵石、青砖构筑成的大红封印、紫漆木门的江浙官家粮仓。陈年的水稻从粮仓里溢出浓郁清幽的芳香，金陵夜色下繁忙的上上下下的杂耍艺人，浆洗衣物絮絮叨叨的妇人，在酒肆里买醉说闲话踉踉跄跄的莽汉，跟随私塾先生字正腔圆的念书的孩童，侧着身子，眯着眼睛，停住脚步，深深地吸一口气。

“谷”是“穀”的简体字，汉字的一音一义、一笔一画类似于古代粮仓的四根纵梁与横梁形成一个井字顶。从汉字的音形字义里你可以看到水稻的前世今生。水稻来自于伏羲或者神农氏手中的五色土——紫色的砂泥、乳色的白泥、暗红的原泥、橘色的黄泥、绿色的水稻。着青衣梳红妆的稻花仙子是江南村夫野老闲谈中白衣如雪的精灵，山下色泽澄黄、籽粒饱满的水稻是在方格里写毛笔字的私塾书童睡梦中的小米粥，飞上云朵的稻花是手抄本故事里的仙子。风儿轻轻吹，书声朗朗的孩童们追着萤火虫，唱着读书郎，穿着红肚兜，赤脚板挑着彩灯笼在水稻丰收的时节沿着青石板和鹅卵石穿街过巷。

永乐元年的江南运粮，一叶扁舟穿过江南海堰钱塘江堤，在淅淅沥沥的雨水中满载鲜鱼、万斛水稻和陈年女儿红出发。顺着古代通往江西、泰宁、建宁、汀州的水路，穿过金陵秦淮河，明朝运河上的粮船，清代求学的书生，都在这人声鼎沸的金陵米市埠头掉船，直达京师。水路上的粮船满帆起航，顺风顺水，高悬着米字大旗。大酒缸上有稻酒十一石、甘醪十五石，笔法洒脱飘逸。青色布衣的运粮漕军熟悉潮汛、风信、星象，小心翼翼地转舵，经过吴县草鞋山、杭州水田畈、东南四十三州地、江淮闽蜀。穿草鞋披蓑衣的山民在水田里取下斗笠，远望着粮船上的督运、州府封印的粮仓，风把稻花从山脚下过来，水路上的漕军官兵把盏推杯，小方桌，大海碗，饮尽一坛美酒。一梦醒来，粮船进了京师的河口，锣鼓震天地响起来。

青青稻花香，千里水路，你的仙子藏在红灯笼里。红红的灯花，青青的禾苗，会稽山藏书楼的手抄本满卷春色，六朝的风光和稻花的甜美随风而去，采莲子的清秀女子纤柔的手指翻开嘉庆十年孚远堂刻本，纸张散发出稻花芬芳的气息。娟秀的描摹本，闺中女儿的明媚手抄本，米粒一样纯净的小楷字，没有脂粉气，字句都是清凉明快的。

私塾里的孩子手抄本的小人书里，有一个身穿青袄、鬓簪梅花的仙子，她藏在丰收时节的纸风筝、红灯笼里，低首敛眉，淡淡一笑。提着红灯笼，穿着小红袄，碰一碰，晃一晃，你的萤火虫闪亮亮。杨柳绿，桃花开，燕始来。燕子在春分前后来，在秋分前后离去，稻花仙子走十里水路，划着乌篷船，你在私塾里听老先生念着词，翻开桃花纸小人书，迷糊着睡梦中挨一下板子，抬头就能看到远山脚下的青青稻花。

带上你的红灯笼，合上你的小人书。蹦一蹦，跳一跳，去找你的美丽仙子。

茉莉花开

晚明的张岱最爱兰花茶，明清小品文的气息也沾染了茉莉花的清香。在翻印的明清杂剧的线装书夹层里、杂剧中的酒肆街坊、烟雨桥头、杨柳龙船、大染坊、闹市中，张岱的小品文格外清新。苍茫云海，水草植物密布的山谷之中，河道纵横捭阖，南中国的两大水系在此划出界线，一路龙蛇盘旋，云雾弥漫。

沿着古代的地图，自赣水逾大庾岭，进入苍翠葱郁的北江流域，睡眼昏昏的客人终于肯睁开眼睛看着南中国的柔软腹地。南岭千里绵延，崎岖不堪，逶迤腾挪，湿漉漉的水声之中，梅关古道人声鼎沸，昏睡的官宦与行舟的船家在朱绿色的山脉中陷入迷途。象征古代筋脉的水系龙盘虎踞，龙凤纹的侠客、逆水行舟的渔翁、乘风破浪的少年郎、采撷红豆的药师，身影沉浸在古色醇厚的山水世界。

南国水系星罗棋布，河道与山脉，城池与驿道盘盘缠缠，柔软的春风和云雾中迷途的雁阵，构成了黑白分明的迷局。夜雨从南岭之北降临，苍老的山脉、分蘖的驿路、隐没的支流、混杂的笔墨让我迷失在星辰与地图构筑的迷局里。古人落墨提笔，一片烟云，棋局充满迷途、陷井、欺诈，线条和用墨充满玄机，而沉浸在命理与迷悟中的知识分子只知道岭南茉莉之美，而不懂得其性情。汉代的南越，茉莉花漫山遍野，女子以彩线穿心，作为首饰。明末清初岭南家家种茉莉花，飘香十里，令人长醉，以孔雀羽毛扭为绒缕，绣制服饰，金翠夺目，用马尾缠绒，作为勒线，绣制轮廓，彩绣锦衣。隋唐晚期的南传佛经用茉莉花、莲花、兰花枝做书签，书里的世界就是溢满笔墨之香的一片净土。佛经从西南的深山涉水带到中土，风吹雨打，行人一身尘土，经过艰辛的长旅终于能看到五台山的绿草红袖，雨水和树叶夹杂在行囊中，脚夫穿山岭，越竹林，过急流，云朵从头顶飞过，小鸟在斗笠上唱歌。京城十里，译场和藏经阁里溢满清远之气，茉莉花的幽香浸渍着每一页讲义、经文、字符。

晚明的小品文一时大盛，写山水鸟兽无不带着一种淡淡的温情、飘逸的笔法、潇洒的气质。读书人春风满面，诗词章赋到这里才有了浓浓的人情味。金陵城的秦淮河上，士子们斗酒仗歌，噜噜的水声，交错的杯觥，有一种沉醉不复醒来的悠闲。粗糙的线装书堆满船舱，那种气息就像扬州城大红门出产的墨水一样有醉人的清香。这种清香远比绍兴的女儿红、老北京的大碗茶特别，它就像那乌篷船下青青的流水一样，淡淡地飘着。中国古代读书人的乡愁与寂寥到了这个月色迷濛的晚上才有了更深的诗意。

深夜的时候读书，照例是看线装书，翻字帖，临碑刻，渐渐觉得灯花下古人的文字都是有着生命的精灵。比如一只穿越后窗竹林雪地的白狐，一只在老树下居住的小松鼠，红色的珠玉，墨绿色的书脊，影印的小人书，它们在我的墨笔和纸砚中间出没。小鱼会藏在线装书深处的池塘里，春风满卷，墨香淋漓，我敲着灯花，洗去笔头的尘土。

古籍中，茉莉花有两个名字，一是来自波斯语的耶悉茗，一是译自梵语的茉莉。明代的《饮馔服食笺》记载："茉莉花嫩叶采摘洗净，同豆腐熬食，绝品。"其香如兰，其色如雪，它是南岭驿道上形色匆匆的读书人最爱怜的花。在中国明清的戏曲杂剧中你也能找到它的影子。读线装书，辨识古字，嚼着烘青豆加胡萝卜丝的读书人，寒夜的时候，拿起一卷线装书，迷途的心思就重新回到了正途。迷途的汉字以及清瘦的笔法，便有了清脆的低吟，碰撞着酸腐的词句，手掌摩挲在永和九年的雪，笔墨荡漾的确是庆历年间的宣纸，芬芳的美酒和满案的公文，明清才子佳人小说刻本，畅快淋漓的清曲，热闹纷繁的俚曲。

茉莉花的清香沉淀在古人的衣襟和书案，它是一种象征和质地。清朝乾隆年间出版的戏曲剧本集，水墨色的小册子，纸草有着南方水乡那种茉莉花的芬芳。翻开古人的书页，有细腻纤柔的水痕，无数的手印，摩挲的粗糙的书脊，写的是方正汉字小楷。江南书局刻印的线装书纸张是暗褐色的，也有青色的。那种青色是清澈的，像是流水，古人的文字笔墨写在青色的纸张上面，山水碑帖一笔一画，细腻婉转。每当翻开古代的书卷，那种奔流的气韵就扑面而来。天地如棋盘，迷津处处在。古代南国南海、苍梧、郁林、合浦、交趾、九真、日南、儋耳、珠崖之地，是茉莉花的世界。天真烂漫的生命从古老的世界一直存活到现在。

南岭与武夷山脉交错之处，是迷途之地。所谓知识分子的眼界，隐逸山谷草庐的古人胸襟的分水岭，就借着大陆轮廓的曲线分离开来。岭南之美，峰峦苍翠，流水淙淙。长久以来，这种水土养育的茉莉花有着一种诡谲的芬芳，它有一种隐晦的暴烈、曲折的脾性、绵长的芬芳。书卷气的腐儒不能理解这种迷悟，只知道一味写着之乎者也。罗浮山脉自连平向罗定延伸，山山水水，整齐的雁阵、野史记载的精灵在雪地山丘中出没。从印度和西方传来的茉莉花，在这里与南中国的神秘水土和习俗结合起来。晚明写小品文喝闲茶的士子最喜欢茉莉花茶，清幽而古拙的气息正是符合古人的心性。茉莉花做的书签，清雅淡然，茉莉花叶色翠绿，花朵洁白玉润，香气清婉柔淑，一碗茉莉花茶，宛如醍醐甘

〔明〕夏芷 灵阳十景图

露，正是沉浸在病苦之中的寒窗读书人清醒心神的一剂良药。

从武夷山古寺的山坡上遥望禅院里的茉莉花，像是雪花一样轻轻地铺在沙地上，花瓣慢慢地舒缓开来。白色的茉莉花，藏在深山的古寺里，藏在线装书古代的典故、逸史、志怪小说的世界里。雨后七彩的霞光照射在茉莉花瓣上，雨滴滑落在泥沙里。禅院的中央是一排整齐的茉莉花，环绕着明净的水池，水中的倒影和茉莉花洁白的色泽仿佛是一张镜子的两面。镜子里照例是要藏着修行千年的白狐，或者下山寻找榛子吃的小松鼠，念完莲花经的小和尚会吓得丢掉线装书。水面一晃，那精灵就倏地一下不见了。

古代的星空下，洗笔磨墨的寒士、采撷百草的药师、翻滚纵浪的渔夫，逆水强渡。一支笔，一只绿色清秀的竹篙，一袭青衣，一身流云芳草的气息。书卷气，放荡山野的逸气，粗糙不拘小节的侠客之气，沉醉不愿复醒的豪放心怀，渗透朱色唐草纹的古卷，正楷行草，沉吟低眉，转眼间山水朦胧，酒醒之处，杏花明媚，歌谣清幽，山水迷离。

读古人的碑帖，字里行间有青草的味道，看一看凌乱的地图，品一口岭南得茉莉花茶，或是豪侠，或是草莽，或是农夫，或是隐士，或是腐儒。栖身在灯火迷漫、烛火暗淡的藏经阁，红烛花萼，明珠珍馐，写出来的文字却只是卑躬屈膝、酸腐无知。古中国的地图上，中原迷茫，南国冷清，冷眼看世的读书人的目光在曲折漫长的海岸线、大陆的轮廓、岛屿的轴心之外，看到的是迷途知返的雁阵。古代的水道、山脊、盆地和星相罗盘对应着天干地支，南岭走廊，古人一只朱笔，勾画出全貌，飞鸟从山麓之上盘亘而下，彩绘的书卷，寂静的禅院，还有赤色锦囊里的红豆，散发出南国暗夜的幽香。

〔清〕邹之麟 山水图

南国水墨之芬芳，茉莉花的清香，水泽陆地相勾连为一体，千里长卷，古代的大庾岭梅关古道东西绵延，赣水纵横交错，南国柔软的质地开始裸露。轻舟越过北江分水岭，黑白色的南中国进入视野，洁白的梅花，青黑色的山脊，水系密如蛛网但却泾渭分明。南岭山脉绵延数千里，地图群山逶迤，潇水、湘水由此溯源，成为古老中国的一种象征。洁白的茉莉花，巍峨壮阔的山脊丘陵，千里连绵起伏的峰岭，婉若游龙的地理走势，浩荡奔腾的山涧流水，让神气昏沉笔墨枯萎的读书人头脑清醒许多。茉莉清香，浸渍着纸笔墨砚，它好像一种忘记了伤感和忧伤的花儿，原野上，山地间，只有它在轻歌曼舞。这个乾隆年间的扬州清曲曲牌名，隐匿在浩如烟海的杂剧脸谱的世界，混迹于街头里巷。这种神秘主义的植物，以它特异的幽香与清凉让人有一种沉醉不复醒的惆怅。

安得一服清凉茶，与尔同销万古愁。

武周山下

窑洞是西北部贫瘠荒莽的原野之上最具有神秘主义色彩的建筑。沉默、木讷、古朴、安宁的黄土窑洞，在绿色的山脊上呢喃着，唱着歌。沿着黄土屋脊雄奇的山脉和黄河的古老河道，遥望吕梁山、六盘山以东的荒野，另一种神秘主义色彩的建筑沧桑的色彩流溢着，充满了晋西的金黄色，那是云冈石窟浮云流水一般的佛像石刻。这些石器、木质、砂石、茅草、瓷片、金箔、水墨构成的黄土长卷上，漫山的绿色从远古消逝，只留下粗糙的花纹和甲骨文字的哀愁，陕北的黄土窑洞和这流水般的云冈石窟雕刻下来的微笑。

我像一粒种子，被青鸟和云朵带到了武周山下。

在武周山麓之下，绿色的屋瓦，黛蓝的水痕，飞翔的青鸟在石刻上入梦。这些古老陈旧的瓦片和雨水都在缓缓地张开嘴巴，呼吸吐纳，伸展身体。从黄土高原的脊背上遥望这东方纯净的石刻，佛像的微笑有一种晶亮的光泽，繁体的文字，简洁的壁画，像是七彩的天空，白云朵朵。

武周山下，云冈石窟始凿于北魏兴安二年（公元453年），大部分完成于北魏迁都洛阳之前（公元494年）。在云冈石窟的浮云下，青色的河谷，冷黑色的佛龛，这些石刻丰满圆润，双耳垂肩，双目有神，两肩宽厚，它们安稳地栖居在石崖上。这些石刻的线条朴秀、清丽、媚艳，与甲骨文、金文、青铜篆文的笔触不同，它是缥缈的、虚空的，石像的本质只是游人的一种欲念，它像青山下的流水，不停地清洗着云冈石窟沉寂的记忆。

石窟依山而凿，东西绵亘，气势恢弘，但它内心的柔软、细腻、婉媚都与古代建筑的气质不同，远望这绵延在山地间的石刻，透过绿色葱郁的树木，你看到的是一片绿色。黄土，古木，石器，这些元素构成了黄土高原的灵魂。水墨和古文字、山脊构成了云冈石窟形而上的寓意，白云悠然地漂浮在微笑的石窟佛像之上，流水穿过黄土河道，直奔东南，陡峭的崖壁、曲折盘旋的山谷蜿蜒着、吟唱着，随着呼吸起伏。

在这些古代遗留的建筑物和金粉迷失的云冈石刻中，我可以读到佛经故事与经文。花冠精细、衣纹流畅的石刻，线条优美，浮雕生动，这一切都与我梦中的那个绿色的花园如此相似，或者是它是一个启示或假象，但着石器中却是藏着汉字的真身。那是云冈石窟之上的云朵。

当你在如此神秘的建筑和微笑之前产生疑惑的时候，你只能在古代的建筑师的作品中去寻找这些菩萨、力士、飞天的存在意义。它们两颊腴润，体态丰满，形态自然，衣纹流畅。它包括建

〔明〕丁立鹏 佛像图

筑的意义以及人如何面对时间的流逝时保存高贵灵魂的方法。乐伎、舞伎在石刻中沉思着，舞蹈着，它们的身躯已经融化成这武周山的一部分，它们所有的烦恼和哀愁都在天地间消逝了。

武周山下，天似穹庐，四野茫茫，古人看到的是云冈的黄昏落日。在黄河流域没有文字记载的时代，建筑的意义首先是一种启示，建筑活动本身是一种苦行。这些木石建筑栖居着古人沧桑的灵魂和疲惫的身体。流水冲刷着菩提，如今云冈石窟的石刻只剩下浮雕的微笑。微笑不会腐朽衰败，只会如流水一样深入人心，渗透到现代人的梦境中。

这个寓言的本质意义是指向建筑内部的一种暗示，它与1968年建筑师罗伯特·舒乐(Robert Schuller)的预言和结论是一致的。尽管罗伯特·舒乐所说的伊甸园只属于基督。

1968年的春天，罗伯特·舒乐告诉设计师菲利普·约翰逊(Philip Johnson)关于他对建筑的理解与构想——“我要的不是一座普通的教堂，我要在人间建筑一座伊甸园。”菲利普·约翰逊在他的设计理念里否定了这种设想，因为他的设计是在一个人性的真空里用线条、力学曲线、数据、审美意向做出的实验，没有人知道他怎么理解和解释的第三世界的那些“上帝之城”的街角里的帐篷、汽油桶、茅舍和沙漠里的泥土建筑。约翰逊不会针对城市里的棚屋、疑惑的残障者、双语使用者的哀伤做出判断，只有舒乐会认真地用玻璃和几何线条建造悲悯的伊甸园。然而云冈石窟的建筑，佛的微笑，不是1968年的达达和朋克将愤怒、同情与虚无用金属和知识的利刃混合在一起，用涂鸦的形式宣告这种理论的消亡这么简单。神父的话依然在起着寓言的作用，科学的知识、数字化的建筑和文学世界的诗意依然统治着建筑的身体，艺术家和贫困的诗人得到的只是灵魂的躯壳。罗伯特·舒乐的建筑理念与北魏兴安二年（公元453年）的君主之间并不存在本质的区别，它们都是人类心灵中萌发的一粒种子。

时间就是一粒种子，需要雨水、节气、温度、养分它才能结出果实。我在更多的时候像是从汉语言的母体里成长起来的一粒草籽，让我对这武周山下的云冈石窟有着更为感性的理解。这粒种子要离开盛产民谣和疾病的城市的汽油桶、沙漠里的帐篷、贫民窟，重返伊甸园。

伊甸园，the Garden of Eden。

站在武周山下，你会对这纯净之地产生一种错觉。本质上它与这云冈石窟石刻的琉璃净土都只是一种现实之外的乐园，但是繁密的汉字似乎记载的却是纯净的土地，它的确存在于云冈石窟，或者更遥远黄土高原的山谷、窑洞、山梁。黄土是纯净的，这壁画也是清洁的，云冈石窟留下的不是时间的躯壳，风云侵蚀并不能改变建筑的本质。我从一个遥远的城市来到这里,看到的是它的肉体与灵魂。你在凝视中可以看到它的眼睛,那深邃如河流的目光,慈悲地凝视着山脚下的游人和流云、树木、沙石、落叶。贫困的、骄傲的、暴戾的、悲悯的、轻薄的性格,心灵都是这些肉体的折射,是一种生命展现,在这个痛苦的过程中,人类建造起直达窟顶的方形塔柱,雕刻出构图繁杂、玲珑精巧的佛像。

黄昏的时候,站在武周山下,我抬头看到的是手执弦管、打击乐器的石刻乐伎,雕饰精美,姿态飘逸。没有烦恼与苦痛的鸠摩罗天和这云冈的流云一样姿态轻盈,美妙。佛的慈悲与微笑如琉璃的光辉,晶莹剔透,清澈明媚。

当你的视野里出现的不再是黄土高原的火焰绿,而是沙漠里的帐篷、草原上的敖包、工业城市郊区的汽油桶、乌黑而原始的狩猎工具,那么建筑的意义就彻底紊乱了。云冈石窟的佛像,菩提的微笑给予我的这是关于建筑的启示,茫茫的黄河文明之外,我像一个虚伪的艺术家一样,在戈壁滩上喘息。

在岩画和彩陶的对立面,是懂得政治权利的知识分子和勤恳的传教士。流水、月光、桂花,这些古典的影子已经从乐园消失了。失意者、流浪人、乞讨者,他们的只能在废弃的汽油桶里烂醉,陷入愤怒、嫉妒与悲伤。

这一切与罪恶、道德无关,它只是一粒种子的迷失。在混乱喧杂的街头和现代主义的夹缝中,它褪色了。绿色的光已经涣散。

视野逐渐展开,你就能看沙漠中的海市蜃楼与文明绿色的

〔清〕谢荪 荷花图

橄榄树。在云冈石窟的意象之外，我寻找着建筑师罗伯特·舒乐所设计的水晶教堂。清澈的花纹，明亮的光线，它代表的是一种无邪而纯净的艺术。因为无论在设计师还是畅销书作家的观念里，童话依然存在，苦涩的橄榄枝依然具有经济价值。

中世纪的祭祀抚摸着经文在讨论基督的身体与圣母的时候，他们担忧自由与权力的辩论会导致人们对信仰的质疑。而那些漫步云端建筑高层商业大楼的芝加哥学派设计师则直接将新的材料和技术填充到建筑物的内部，创造出新的身体。在伪现代艺术的观念体系里，流浪汉、窃贼、道德败坏的瘾君子、同性恋只能居住在汽油桶和棚屋里，这是神圣而自然的法则。在这个混沌的空间里滋生着暴力、犯罪与毒品，也包括新的街头音乐和说唱艺术。

在庞大的城市里我寻找着云冈石窟山谷里的那种绿色。当火车穿过华北平原、黄土高原,起伏的土浪与远山下的麦田,那种绿色使我嗅到涩涩的芬芳。这些绿色凝固在山色里,我从南国的水稻一直向北方追溯,直到这云冈石窟之下的松木。火车窗外清凉的绿色平静地流淌着,像是风筝和鸥鸟那摇曳的线路。飘过那些居住在贫民窟里的孩子疲惫的眼睛,飘过天空,没有时间和方位的概念。

逃离那个逼人说谎的城市, 我在武周山下的云冈寻找我的绿色精灵。

我的菩提树,深绿色,有光泽。不沾灰尘的菩提树,枝叶扶疏,浓荫覆地。我在云冈石窟的山崖上静静地看着流水和浮云从我的眼前飘过,仿佛时间不曾逝去,绿色的精灵就在我的衣袖中沉睡。大地如此安宁,山色明媚。我的菩提树像婴儿一样纯净,白如霜雪,有着明亮的眼睛。

快节奏的舞曲和杂乱的语言都指向一个语义中心,“妈妈,我想在黑暗中找到回家的路”,这句话可以用另一个德国诗人的诗歌来替换,“在柔媚的湛蓝中,教堂钟楼盛开金属尖顶。燕语低回,蔚蓝萦怀”。这是荷尔德林的混沌空间,它甚至允许读者在这教堂里涂鸦,它是混沌,也属于涅槃,属于陈旧而落寞的云冈石窟悲观的微笑。是的,法官是公正的,神是仁慈的,但我们无家可归。

是的,每一个人都无家可归,政治家和经济学家不断地对城区进行大规模的改造与拆迁，诗人已经不懂得像古埃及劳动者使用棕榈木、芦苇、纸草、粘土和土坯建造房屋，那些绿色已经枯竭了。是的，我所寻找的只是七彩云朵之下的一颗绿色的小树，绿色的精灵，它生长在云冈石窟的流水和浮云深处。那是纯净的泥土和新鲜的琉璃瓦映照的童话世界。

武周山下，云冈石窟佛雕的微笑令人悲伤，剥落的色彩、腐蚀的石块被流水带走了。原始粗糙的佛像，它的微笑是苦涩的，而我们怎能如此悲伤地走回家？

伊甸园，我的菩提精灵，云冈的云朵，请带我去远方。

黄土长河

我曾经听说过一个远古的故事，大禹治水其实只不过用了一把黄土。北方浩荡奔流的河流将黄土带到更远的平原，在那里诞生了方块字和黄土小屋。

我用十年的时光来观察黄土地上伐木者、雕刻艺人、酿酒师、泥水匠的生活。伐木者从我读《诗经》的年龄开始，就出现在河畔的森林里，河流的对岸是桃花和金黄的秸秆。那种木头的沉香、高粱酒的醇厚与伐木者和泥水匠青铜色脊背上的汗珠顺着河流，被风带到很远的地方。风穿过湿漉漉的青芦苇，绕过金黄色的草垛，带着谷子的清香，轻轻地，在午后的时刻落在屋脊上。

北方的河流将泥水匠的歌声带到了田野，辽阔的高原上你会看到弥漫的绿色线条，随着风儿摇动。黑青色的屋瓦，起伏的地势，酿酒师弯着脊梁将大堆的红高粱酿成烈酒，到了春天，这种烈酒散发出桃花一样的芬芳气息。

黄土小屋，这种泥土的建筑代表的是一种汉

语言的气质和性格，它是属于混浊不清的语言谱系里最坚韧的种子，随着春天的桃花被播种在古人的诗句里。我以泥水匠、伐木者、酿酒师的身份站在黄土小屋的屋顶，阳光下远方的高原连绵起伏，绿色的海浪带着民间艺人沿着黄河的流水走向远方，被泥土的波浪湮没的黄土小屋只露出青黑色的屋脊。屋脊上的青草和芦苇的气息会把远方的梦境带回他们贫苦的村落，沉淀在黄土小屋的记忆里。

北方黄土高原上，黄土小屋的茅草屋檐下，我曾经在漫长的雨季中饱受刺骨的煎熬。北方的冷雨打在屋顶上乌黑发亮的一排黄土烧成的青瓦上，烟尘滚滚，瓦松、茅草、野花、棉絮、芦花都从屋顶上滚落下来。冰冷的雨水浸泡着焦渴炸裂的金色玉米。田野里一排排的黄泥小屋的屋顶在雨水的敲击下，屋瓦的夹缝里开始冒出蒸腾的水汽。贫瘠的屋顶长满粗野的花朵，金黄、橙色、黑紫的花瓣从泥土里探出身体，那微小干瘪的种子挣脱束缚的一瞬间，那些泥土就开始塌陷。从更远的高原上遥望凸出的青色的屋脊，雨水把青草的味道带给天边的云彩，那是生活在这黄土小屋里孩子的童话。

一粒盐巴，一颗小石子，一件羊皮袄，打结的草绳，这是黄土小屋的全部。

黄土高原上迷失的河流将更多的黄土和故事带到这个世界。千里茫茫，黄土的泥浪波澜壮阔，穿过山谷和石崖，在泥水匠、伐木者、酿酒师的皱纹里呼吸，这些讲给黄土地上的娃娃们的故事就是天上的云彩，无论是在传统的祭祀还是祈祷中，这种五彩的河流就是古代的大禹和造字的仓颉所使用的黄土，长大的娃娃都会因此有着健壮的体魄。

我一直相信,五彩的河流就在我手中的泥土里隐藏着,在酿酒师苍老的歌声里，它会带我像云朵一样找到汉字的归宿和童话。我在黄河的水声中学会了汉字的发音,虫、鱼、鸟、兽。我看着泥水匠用朴刀在屋脊上刻画着这些吉祥的符号，这些是我汉字的启蒙,草木山水,都是这种劳动的智慧。

伐木者建造的绿色屋脊,五彩的云朵,那就是高原上唱歌的河流，那是我回家的路。高原的风儿将绿色的河流带到我的心里,母性的河水哺乳着我的成长。

古代的黄土如今成为伐木者和酿酒师屋脊的一片砖瓦,呢喃的歌声穿过春天的绿色树林,跟着民间艺人一起上路了。这群穿梭在黄土高原上的民间艺人是风的歌手，他们黑色的头发里夹杂这稻草的沉香，远方泥土的气息使城市里的孩子瞪大了眼睛看着他们背着行囊流浪。在孩子的眼里,他们像风一样穿过城市,他们的歌声是神奇而美丽的。这些民间艺人也像漂泊的孩子一样,穿过河流和城市,把他们的故事带到云朵飘到的地方。

我在高原的故事里寻找汉字的始祖,它是古代的大雁,在高原上栖息,有着金色的翅膀和汉字的形体骨骼。听着高原上的民歌,风吹来的沙飘过黄土屋脊,娃娃们就在屋脊下看着那些雕刻的图画文字:虫、鱼、鸟、兽。低矮的屋脊就是他们的黑板,汉字的发音是鲜活的,他们能感觉到那黄土屋脊的寓言,风会把他们的梦想和故事带到北方的河流。

〔清〕法若真 树梢飞泉图

北方大地，河流苍莽逶迤，黄土高原北起古代的长城和阴山，南达秦岭，西抵祁连，东至太行。在波浪跳跃的地势上，你可以看到彩云与青草。黄土塬上的沟沟坎坎，山尖尖，圪梁梁，羊肠小道上有脚板硬过石板的孩子、抽大叶烟的泥水匠和酿酒师踩出的打夯歌、吆牛调。

高原上的孩子都有这种悲伤和故事。树木被伐木者雕刻成屋脊上的横梁，支撑着黄土小屋，支撑着汉字的谜语。贫贱的黄土如今和着苦涩的雨水成为这样跟随高原上的风唱着歌的一群人的家。泥墙里混杂着草根、砖石、瓦砾、铁屑，更多的是人的汗水。金色的稻草和骄傲的芦苇混流在这贫瘠得几乎使人发狂的世界，以一种宗教似的姿态成为这黄泥小屋最结实的一部分。这种生活方式和观念从一开始就影响着我的思考。咀嚼着苦涩的草根，看着田野上一墩墩结实的茅草房子，我对那种水土和饮食特殊的理解就扎根在这酸楚的草籽里。当暴雨狠命地抽打着这屋脊，看着人们裸露着脊背拖拉着农具陷入慌乱，看着泥浆溅满那张衰老的悲观焦急的脸，我在古老的歌谣引导下，沉迷在这酸楚的雨季，我听到了那破旧的屋脊的呻吟。往事和心火慢慢郁积，直到风雨慢慢停歇。那泥墙里的芦苇已经失色，丧失锋利，金色的稻草也已经腐朽，庞大而虚弱的泥墙就在风雨侵蚀下濒临坍塌的宿命。

伐木者建造的黄土小屋，它不是清真寺，没有信仰，也不是教堂，没有人为它祈祷，为它迷狂。它旋生旋灭，在这焦渴的土地上挣扎。水土接不上文明的血脉，只能有它自己来承担和选择这历史的宿命。野花的繁殖,瓦砾的腐败,荒草的疯狂,黄土世界红尘滚滚,已经不可阻挡地陷入生存的困境。黄土屋脊雕刻的龙凤、虎豹,还有那展翅的孔雀,如今只能作为一种象征牺牲了,那屋脊庞大的木质骨架在蠹虫的腐蚀下渐渐地剥离了美的符号和色彩,剩下消瘦的骨骼和狰狞的身体。时间和世情一起压榨着这黄土的骨血,如今能剩下的只是狼藉的风景。这种悲壮启示着我,支撑着人们在困境里生存下来的还应该有另外一种知识和精神。

屋脊是泥土的,它并没有睡着。它还在呼吸,呢喃,唱歌,蠕动,飘浮。它是松软的,有生命的,有记忆的,有翅膀的。它会做梦,会讲故事,会咿呀学语。站在高原上,你看到它好像是飞进你的视野里的,你觉得它又像是在缓慢地移动。它没有徽派建筑的繁杂,没有竹楼的飘逸,也不是纯粹的木石结构。它活动着身子骨,像云朵一样俯卧在屋顶。从起伏的高原上看,它是流动的,伸缩着疲惫的脊背、肩胛骨,踱着步子,炊烟就从青草屋脊上升起,孩子们的朗读声也袅袅浮现。

虫、鱼、鸟、兽。掌握了汉字就懂得了黄土屋脊的意义。汉字的书写规则和美感就在于这种寓言包含的秘密和启示。父性的屋脊承载的是一个家庭、一个故事的秘密,就像黄土高原承载着汉语的秘密,它是在这个寓言中成长的孩子的童话。汉字的骨骼,黄土的厚重,它们构成高原上绿色的文明。雕刻的木纹承受着风雨的侵蚀,它对于我来说就是汉字文明的脊梁。高原苍莽一片,母亲河的水声和歌声都沾染着这种血性与唯美。这种丰腴的汉字和娃娃们健壮的躯体因此在高原的恩泽和河流的哺育之下，有着金石的质地。文明的建筑即使被高原的沙砾湮没，也不会土崩瓦解。

屋脊覆满青草、芦苇和爬山虎，落满蒲公英、矢车菊和荞麦，有时候会发现一颗羊齿、玉米秸秆、铁蒺藜。疏雨茅檐，泥土小屋，漏雨苍苔，但是不能惊动中枢的屋脊。它沉静，富有智慧和经验，坚忍而倔强。几十年的光阴不会磨损它的锐气和稳重。泥水匠和酿酒师的黝黑的脊梁就像山脊一样，风吹日晒，兀然自若，这是一种生活的智慧和勇气。

青龙、白虎、朱雀、玄武。古代的文明血液浸染这黄土，它们到成为娃娃们的姓氏、名字中的一部分。他们就像高原上传奇的山鹰，是贫困的家庭里那巨大的檩，是父亲们歌声中绵延的山脊，承载着一种勇敢。

遥望黄土高原上的村落，你会看到那结实坚韧的青草屋顶，雕刻着鱼纹陶盆的屋脊。使用青铜农具、背诵汉语拼音的黄土地的后代有着钢铁的筋骨、动情的腔调。犁铧翻开汉语的书卷，那种东方古老的传说在黑污的棉絮、发黄的牙齿、黑脸膛的孩子们的童话里复活。如果你从文明的城市，跟随酿酒师、伐木者、泥水匠的歌声一路穿越波澜的黄土来到这彩云之下，你会为生命的坚韧的慰藉而感动。看着泥水匠、伐木者在黄土谷地上穿梭着，赤裸着青铜色皲裂的脊背，烈日的暴晒之下，你会联想到它们与黄土小屋草绿屋脊的本质关系。

从遥远的文明世界，黄河的歌声会把你从尘嚣的中心带到汉语的腹地。无疆的高原山梁挺拔,地势连绵,母语的海洋那最珍贵的一抹绿色原来就是贫瘠的黄土小屋那屋脊之上不息的绿色。

从遥远的古代长城，高原的孩子美丽的童话会把你从城市的沙漠带到母语的河流边。让你跟随戴着白头巾和羊皮兜的伐木者和唱爬上歌的酿酒师的歌声，来到文明奔腾浩荡的绿色流域。人们会击鼓而歌,把你的悲伤湮没在绿色的潮水里。巨大的脊梁,累累的伤痕,像被割破了血肉的陶罐色彩烧伤了我疲惫的眼睛,色彩点燃了整个黄土地,流淌着,涌动着,湮没古代的卵石、古老洁雅的音调、逍遥的文字。

我不知道仓颉的四只眼睛里有没有眼泪。汉字的秘密如烧毁的甲骨和木刻，被伐木者和酿酒师雕刻在贫瘠村落里茅草覆盖的屋脊上。这种吉祥的文字成为人性的沙漠里灼烫的绿色,蘸着笔墨,写下的全是五彩华章。

渐渐的,我感到了它的柔软和苦涩,青草的绿色弥漫原野,那是泥水匠掌心里的春雪,是屋脊上的刀痕。文明的大陆上有彩陶色彩一样的屋脊,我所歌唱的就是那生命河流中一抹绿色。

金色的阳光下,风儿吹过,白云飘过,我坐在黄土高原的屋脊上,让我扯开嗓子给你唱一首高原情歌吧。

鲁迅的十七岁

1898年的绍兴，青石巷里的荷花香满十里，十七岁的鲁迅还在三味书屋里读线装书。晚清的绍兴茶楼人声鼎沸，茶馆里的说书人熟悉明刻本的曲艺杂谈、清末的游仙小说，说着古代会稽的惊险故事，端着木制的黑碗，喝着琥珀色的老酒。私塾先生们捻着胡须写小楷，临摹碑刻，三月的落花在书案上招蜂引蝶。读完《三字经》、《千家文》，磨墨的书童们爬上树梢看闹市和石巷里的行人、茶客，看穿着皂鞋的官差们，看阁楼里眉目清秀的女子十里红妆。远处的青山脚下，说书先生数着铜钱，吃着茴香豆，长长的衣衫沾满草木的青涩。

古代会稽的私塾，红底青花的瓷器摆在案几上，雕花的窗棂，纯蓝色的细瓷花瓶，镶嵌玉石或描红着绿的笔筒里插着孔雀翎、白羽和青竹笔。阳光透过洁白的素纸慢慢渗透到残余的文字里，墨汁和油彩浸渍着衣襟。清香的朱墨柔软的竹帛有豆荚和稻花的色泽。老先生手把手地教书童们念诵古书，一笔一画地描红，横折弯勾，点提撇捺，一尺见方的纸张上写满古旧的文字。书童们恭听先生圈点口哼，毕恭毕敬，散学之后却逼着老童生讲故事，唧唧喳喳不能罢休。

十七岁的鲁迅还没有去江南水师堂，他应该读过许多线装书，包括那些手抄本和明清的小说书。白墙乌瓦、黑白分明的绍兴，浓浓的酒、酸酸的菜，戴着小毡帽的农夫、穿长衫的读书人、撑着油纸伞拜访深石巷里的老中医的短工、在茶肆里侃着京城奇闻的食客，他们都曾经是鲁迅读过的那些线装书里的一个影子。薄似篾片的绿竹签，夹在线装书里，或者用莲子的梗叶做书简，清香诱人，书卷里莲子的清香溢满前厅后院。水泊之洲，土木院落，尺轨方寸，迷雾中乌黑的砖瓦沉在浮尘灰与渺茫的炊烟之中，世事如棋，南国的底蕴就杂陈在这粉墙黛瓦和水墨色的石巷之间。

船儿悠悠地晃着，水声潺潺地响着。先生们和孩子们在私塾里案几上描红、写生。私塾里读书的书童们，在春天的时候从油菜花丛中捉蝴蝶，在师傅的检视下读书写字，背诵古文。他们喜欢纸风筝，钓鱼虾，拥有细腻的情感和敏锐而又容易受伤的心。江南的水车和水磨在唧唧喳喳地转动，时间在慢慢磨。大红的宅门、青色的屋瓦、黑色的墨线，书童们笔下的汉字骨节突出，秀气而不失锋芒。秋叶散落在庭院的水池里，古代的文字和稚嫩的笔法竟然拥有如此新鲜的生命力。但是十七岁的书童，还是水中的莲子，有着清秀可人的笔迹，他们不像乌篷船里的茶客和盐商那样世故，很难在茶水的寡淡中领会在如此众多的谵妄之语中有

〔清〕虚谷 小桥流水图

几分世事炎凉，几分奸猾刁钻。

嘉庆年间，绍兴的水路和稻花，飞过临街两扇石库台门，读书人喝着陈年的米酒，书房里行囊齐备，准备乘着乌篷船出门远行。绍兴地处丘陵山地和河网平原的衔接地带，水墨色的山脊横在船头，往来的渔船载着虾米和青豆，慢慢地摇着桨。群山裙连，书的清香与饮酒的寂寞在水路上肆意蔓延。船舱里搁置着油纸伞、青布衫、炊具、小人书。温润的气候、晦暗的山光和清淡的水色，还有花鸟的嬉戏与水性的刺绣是这些书童们的旅伴。

红色的符号，黄色的勾画，黑色的边框和底纹，古代地图上的绍兴水路向东南蜿蜒，盘旋几百里。春风吹过稻花丛，书童们在小溪里挽着裤脚捉鱼，在池塘里嬉水。

私塾里的红草笺，稻花丛中的乌篷船，十七岁的鲁迅寒衣单薄。鲁迅也许是在私塾外面的茶楼下听评书吧，叫天子，何首乌，煮熟了的豆荚，热腾腾的气息，吸引着放鹅、牧牛、摘罗汉豆的孩子们，碧绿的菜畦、紫红的桑葚，蟋蟀弹琴，油蛉低唱。私塾的窗口里飘来状元红的酒香，当然是绍兴名酒状元红、善酿、香雪。老酒坛上面压着沙袋，坛旁搁着酒吊、漏斗和窜筒等舀酒、温酒工具，孩子们嗅着香气，嚼着青豆，偷偷地读些笔记小说，学先生的样子抹抹嘴，扑哧一笑。

吃一粒茴香豆，写几个繁体字，想一想先生的爱憎，你会理解他的偏激与严厉。少年的鲁迅，懂得绍兴黄酒里那种绵绵不绝的趣味，豆荚的香味，说书先生嬉笑怒骂，私塾师傅的刁钻，民间艺人的憨厚与刻板。听一折戏，看着台上油彩浓妆的生旦净丑，人情的冷暖与麻木。喝一坛绍兴酒,钓一只鱼虾,书童们眼中的水路,乌篷船总是有着呜呜噜噜的声音。私塾里的孩子散学后呼朋引伴,折纸鸢,吃酸杏,躲猫猫,喝芝麻糊,这是童稚之心。十七岁的鲁迅风华正茂,激笔挥毫,有着赤子之心。他恰是少年意气,单薄的衣衫,一叶轻舟,走遍东南几百里水路。

给我一坛绍兴十八年陈酿,敬给同学少年,一醉方休。

归去来兮

我将何所去，我将何所归？归去来兮，中国的雨夜，我只身前往函谷关，带着水稻、麦子以及写给你的情书，在春秋时节抵达。

在这通往古中国的道路上，你我没有生死的界限，却有汇流文明河流的血缘。那个一生梦想大济天下的孩子，在这里为你的故事打开第一卷。戏剧、脸谱、秀才、县令，进入古人的心灵世界，一个人粉墨登场，人生的帷幕和微妙就是如此闪现。戏剧人生，我们像是古代的秀才，哼着曲子，要去看满园的海棠，看梨花似雪，看开到天尽头的野菊花。

声声慢

有一次，深夜的上海，我在剧院看戏。一折唱完，已是月到中天，分外眼明。到六楼的小吃店坐下喝茶，一刻钟后再回到剧院，曲子已经到了戏剧的高潮，琵琶和笛声缠绵婉转，蓦然惊响之处，却是急如雨点的锣鼓声，由慢变快，声声清脆入耳，有一种金玉的声音。

鼓声响处，舞台上的戏子慢慢地才从那帷幕后面走上来，擂鼓三通，那节奏和力度是让人叫绝的。仿佛人坐在影院的大厅里，躺在椅子上，回到了明清的夜晚，灯光像是旧铜钱那样的色彩。鼓声就在这深夜月朗星稀的时刻，咚咚地响起来，让人想起很久以前那种南曲原有的腔调。那鼓声像是传说里细腻优雅的水磨调，要响亮就响亮，要柔软就绵密得透不过气来。恍然间，疑是回到了明朝的北京城，官衙断案，冤民夜半击鼓，知府衙役穿衣戴帽，携了文书、响板，升堂传唤。

这清脆响亮的鼓声到了这夜半时分，也就有了明代曲剧那四大声腔的味道。这熟悉的鼓声，从明朝一个县衙的厅堂经扬州传入北京、湖南,它的声音已经成为绝妙的腔调,为人们在客散酒冷后低低地传唱着。带着吴语语音的唱腔,衍变出众多的唱法,像是古代人那种刚猛果敢,却也有温柔细腻的一面。就像是这上海的夜半,舞台上的灯光洒在衣肩上,戏子慢慢地敲打着锣鼓,细细地清唱,透着清丽悠远的唯美气息。在人半睡半醒的时候,那鼓声慢慢地绕在耳畔,直到戏曲中的悲欢演绎,到了碰撞擦出火花的瞬间,人物的内心和面部表情都霍然变化,嬉笑怒骂,这鼓声才像那万历年间县衙官员手里的惊堂木一样,让我从这上海吹着凉风的夜晚醒过来。绕过博物馆的藏书楼,复又去寻了地方去看宋明时期的画。一心想在这夜晚妩媚的灯光下找到回到古代的小路,也许那里正是剧场的舞台,装饰着明清的桃花,或者宋代的云烟,隔着景观,让人看着有一种模糊的美。

此时若是不喜欢这戏的情节,要昏睡的时候,偏又会遇到剧中人那响亮的惊堂木啪嗒地敲打。这样的声音,曾几何时只在中国古代的深夜才能听到。戏子穿着绫罗绸缎,涂着胭脂粉黛,站在夜空下,含着无尽的冤屈,于是她就在众人尚还昏睡的午夜,来到官衙的门前,匍匐在那高大的衙门下面,取下鼓槌,咚咚地敲了起来。深冬的夜晚,天气是那样的寒冷,值守的衙役眉头上都染了霜花,搓着手,跺着脚,拼命地想让自已暖和起来。倦意袭来,正欲坐下。而古代的官员披星戴月地阅读文件,正欲睡去,或者半睡半醒,刚要入梦的时候,那鼓声突然就惊雷般响了起来。

无论是那戏子敲的鼓,还是古人因为寥落、悲愁而敲打,这鼓声我都是极为熟悉的。仿佛就是宋元年间的一个黄昏，失去家产的女子，来到这衙门府第击鼓哭唱。这不是在演戏，在中国古代的每一个夜晚或者黄昏，醉意朦胧的时分，你翻开书，或者听一折曲子，都可能遇到这样的敲打声。那完全是古代中国才有的声音，那木头的鼓槌，那红色的装饰绸带，那风吹雨淋掉了的油墨，都是古代城市的衙门口才有的。木头是桑木，或者榆木，都是极为沉甸结实的木材，还有就是梨花木、杨树，那种木头的沉香和气味，属于年代极远的某个冤剧。不仅是宋代的唱词、诸宫调，就是在明清的曲剧里也能辨出这种音调来。

我想中国人似乎都很熟悉这样的声音了，天色黑压压的，月光灰暗暗的，这个时候有人出然出现在县衙七品县令的春秋大梦中，拿起鼓槌，咚咚咚，声音响遍了衙斋。众人赶赴堂下，分秒不得耽误。

这样的声音就是剧中才有的调子。县衙升了大堂，衙役们站立在两旁，威武庄严的表情瞬间就代替了瞌睡虫。县令拿起云节响板，或者先摔一下惊堂木，烛光照得大堂如明镜一般，金黄的光芒无比耀眼。这就是古代的县衙，鼓声过后，上堂传唤，官员必须立即到场，接受案子的审理。无论白天黑夜，还是寒暑时节，只要那大堂前的风火大鼓响起来，官衙差使必须立刻到场，这一点是与滑稽小花脸的角色截然不同的。

这样的鼓声，是不像我在剧院看的戏，讲究北曲套数，或者安排穿皂罗袍的人出演，一切都是讲究穿插的。这古人的鼓声却是性情所在，响起来了，就没有丝毫的分说，没有所谓的酸道理

〔清〕王树穀 弄胡琴图

可讲。你期望在这戏里看到忠奸，分出黑白，但在古代的官衙，却是布满了重重迷局，每一个断案都是如此艰难。每一个诉讼都要朝夕升堂，哪怕那县衙门前的鼓声变成闷鼓，这诉讼还是要审理。渐渐地，在这样的一个空间，戏子或者县令都变得生动了，月色明亮如水，看客也好，差役也好，按部就班地出现在这个场子里。只等鼓声过后，一切按照律法来执行、审定。

这声声疾雨般的鼓点，让我觉得那戏子的美，原来都是带着伤悲的。这样的伤悲，让她的鼓声中那冤屈都变得透凉。这鼓声让我在饮酒作乐、读书看花的时候，想到这戏子的酸、官衙的苦，还有那古代整个中原闷闷不乐的闲言碎语。

看戏久了，听听这鼓声，节拍是如此熟悉。它的急躁、慌张、失望都是如此的清晰，投射在鼓面上，撕掉那大红的绸子。鼓槌在敲打的过程中木屑飞舞，穿过空气，击中了我的脸。这样的感觉就像我在这上海夜晚的剧院看戏，看戏子的悲伤离合，都要分一个青红皂白才肯罢休。那声音像粉蝶儿，或者斗鹌鹑，时而放慢拍子，延缓节奏，让我能听清楚剧中人的声音。不管是进京赶考那样的闲事，还是错打鸳鸯的闹剧，这鼓声确是真实的。

一下一下敲打着，让我坐在台下看戏的时候也是心惊胆战。不知道它何时开始，又何时停息，仿佛衙门之外，中国古代的天下九州百姓沉沉入梦，这鼓声非要像个霹雳一样吵得官员不能入睡。一下下地刺到梦里面，连着另一个世界的揪心之事。鼓声从这舞台的戏子身边传到风雨交加、月黑影沉的明朝，戏子以字行腔，耳鬓厮磨，时而却又撕心裂肺，熬至水枯石栏，明镜之下满头白发，功名利禄在鼓声响罢三遍，都作鸟兽散了。

古代的夜空下，每当这鼓声响起，官员们就急忙赶赴高堂，仔细地听起来，那官差的长长腔调声调是清柔委婉的。这种长长的拖腔对字音严格要求，让后来的戏子、散客，在刚看完惊梦的曲子、艳丽的美人，耳畔就被它缠住了。这样的鼓声仿佛是在古代中国方圆九州的百姓睡梦里响起，在藏书楼、深山古寺、流云深处、南柯旧梦里响起。

鼓声响，升高堂。日月明镜，天地位列，这是古代的官衙大堂。七品县令听完鼓声，在鼓槌落地之前，当堂坐下，一切争论都需做出裁决，明察秋毫，需要胆识与不畏世故的铁面无私，戏子的花腔是要躲避三舍的。

无论是在这戏曲里，还是在中国古代的夜晚，月明星稀的时光，你侧耳倾听；在酒酣耳热之后想读线装书的时候，在悲伤失意杯盏交错的夜里，散发扁舟不辨黑白的时候，伸手不见五指穷困交迫的时候，这鼓声就敲打起来了。推开你的门窗，外面就是府斋的鼓声阵阵，急如暴雨，声声入耳，那木鼓在秋雨时节响起，金石之音穿透大堂、舞台、县衙、茅舍。戏子折断了兰花指，鼓声忽地就如那宋元明清北曲的声情跌宕豪爽，只管把酒言欢。

在上海的剧院，听这样的鼓声，清脆如雨点洒在窗前。夜半的时候，穿过弄堂和阁楼，来到这里听戏子的唱腔。吐字、过腔和收音都是那样仔细，它的语音带有吴侬软语的特点，随着鼓点，唱得如此响亮。只有那秀才还想着声音的控制、节奏速度的快慢以及咬字发音，却又在这鼓声中醉倒月下，找不到回家的路。

鼓声在古代中国的夜晚响起，在每一页书的评注里面响起来，威严的堂案之上，七品官员表情严肃，行事果断。鼓声响起，官员们分列左右，衙役官差一并到堂，听闻诉讼，惊堂木带着梨花香飘荡在宋明的官衙，你可以看出这些人内心情绪显著的变化。这鼓声让人从睡梦中惊醒，无论那个世界是黄粱梦魇还是花前月下，这鼓声却是明净如水、流泻满地、无关风月的。这鼓声千百年就像我所到达的这个舞台一样，不时地敲打一下县令的榆木脑袋，生怕他们糊涂犯了错，办了冤案，让整个府衙蒙羞。因为这鼓声，它是醒神的，敲打的是古代中国官员和书生的乌纱帽和瘦硬的脑袋。只要你仔细地俯下身来听听，那暗夜里明月从乌云里透出来，声若游丝，继而是流水行板一般，敲打起来。这样的鼓声是只有桀骜不驯，能担当世事的洒脱才子两袖清风的县令才能敲打得出来的。

看着剧院台上的戏子狂怒的时分，擂鼓而歌，让人的情绪瞬间都投入进去了。它不像是暗角里的嘀咕声，会影响人的心情。那些邋遢白面，在眼角、鼻窝等处，加上一些黑纹，甚是让人看着不舒服。这样的戏子所扮者大多是下三流角色，又近于插科打诨式的人物。他们与《游园惊梦》中的柳梦梅，《惊变》、《埋玉》中的唐明皇，《琴挑》中的潘必正，《八阳》中的建文君，《断桥》中的许仙是不属于一个世界的。而这样的鼓声在戏里面才是真正的耐听。

击鼓而歌，是古代人的一种逍遥姿态。

或故意显假，又或故意装真，这样的鼓声是造作的。民间的击鼓，那是带着一种悲伤的鼓点。官衙县令主持的诉讼，听鼓点就能分清楚轻重缓急，当堂论证，明辨是非，那惊堂木的响亮声音让人睡意顿消、眼神明亮。这鼓声求的是天下太平、万民皆安，哪怕是鸡毛蒜皮的小事情。鼓声一响，县令整顿衣冠登堂断案，这是古代的传统。即使是七品芝麻官，这鼓声也是长年累月不断地考验心气和胸怀的。不能仅仅像戏子一切服从于戏情和角色应有的情绪，还应该头脑清醒，断得这世间大大小小，千丝万缕，陈谷子，烂芝麻。

这夜半的鼓声，最能去除我看戏时候的焦躁和疑虑。绕过大半个上海，找到这个剧院。看这样的戏曲是不可急躁的，即使是听戏子的嘀咕，也是要理解腔法的区分以及各类角色的性格唱法。比如戏子演到夜奔，或者连环计，唱到七品县令糊涂仙，此中的千变万化，是需要你从那一词一句、快板式的韵白唱腔细细倾听体会的。

午夜时分，从这戏子的腔调中惊醒，耳畔就是鼓声阵阵。县令的桌上满是尺牍文献，星夜批读，展开厚厚的卷轴，那是心酸疾苦的。尤其是像这个剧中的小书生，固然是传统的赶考功名，却也懂得鼓声一响，披星戴月地赶路，奔赴京城。尽管在这剧中这是在舞台上象征式地走一个圆月，逛一个弧线，步履时而轻盈，时而急促，却也并不曾有葫芦脑袋，不明世间冷暖，不知乾坤之大。鼓声响起，衙门敞开，天下的事情都可以在这里争论、分辨，酸腐的文人、奸臣、刁吏、恶讼师、帮闲，都不住地哈欠，不管它夜色几时，季节时辰，一声断喝，县令如怒目金刚，全脸皆涂以白粉，威严肃穆，声如裂帛，天地之间的公义裁决就在这鼓声的末尾断出。整个城市朗朗的明月之下，雪花纯净的光泽映照着衙门的高堂，百姓们终于熟睡入梦。

古代的夜晚总是这样的一波三折，就像我在这上海的剧院看戏，戏子的故事也是同样跳跃不定。生、旦、净、末、丑、外、贴，不同的角色和身份，都围绕这夜晚的鼓声展开。我似乎是无法像那书里的关羽戏里的诸葛，饮酒畅谈。那惊疑不定，想做出裁决，定夺的人们拿起梨花鼓槌，敲打县衙的木鼓，朱红的绸缎覆盖着的木鼓瞬间如雷鸣般响起。

醉酒的击鼓者，一跃而三击之，鼓点如疾雨，这样的鼓点似乎比用真嗓唱起来的时候有更高的音域，有洪亮的美感。仿佛古代的卫国兵士，远戍陈宋，久役不得归，有一种归乡的冲动和思慕。鼓声急而不乱，眉目神色巍然不变，兵戈倒竖，铠甲鲜亮，阵形齐整，那个击鼓的人，长发红袍，两侧卷曲，双手张开，在这个悄无声息的午夜，低低地哭泣。泪花溅射到鼓面，形成巨大的撞击反射的力量，敲打在戏子的胸膛上。

更诡异的鼓声，那就应该猜到是赵五娘、窦娥、张三姑、天真活泼玲珑剔透的小丫环，坐在台下或者回到那年的黄昏，听她们的鼓声，那是声声欲断魂。在这个剧院里除了能够听到那催命的断魂声，还有这演绎得熟练之极、动人心魄的醒堂鼓声。

鼓声从天宇传来，书斋里的尘埃洒落在衣襟下，县令们似乎还在睡梦中，黄昏的酒筵似乎还在进行。镗镗锵锵，咚咚隆隆，鼓声就在这古代寂寥的夜空下响了起来，声音低沉而凝重，欢快而响亮,夜晚的星光下,那鼓声如冬雷震震,醒脑开窍,让昏沉的气息烟消云散，天地间的污浊和湿气似乎都随着光的洒落而消散了。鼓声响彻在心头,惊醒官员、书虫、秀才们。一个时辰一遍鼓声,那古音声破四野,击鼓而歌,荡漾的是征尘四起,马蹄声踏将过来,官衙里的县令匆忙升堂,明月正值中天。

这就是夜半的鼓声了，中国古代的夜晚这样的声音让人头脑清醒,它不断地敲打着你的脑瓜,那声音不徐不疾,节奏由慢而快,似乎总能讲矛盾冲突演绎得恰到好处。一句清脆的念白,这其中有多少鲜为人知的故事呢?

这戏看到这里,我总是为这午夜的鼓声所沉迷。

每当你头脑昏沉的时刻,想要偷闲学懒散客人,那不徐不疾的鼓声就从又重新敲打起来,仿佛自己就是身穿绿蟒朱红衣,腰束角带的击鼓之人。鼓声从遥远的天际传来,我似乎可以高唱入云而端坐不稍动,安如磐石,猛然醒来,精神抖擞。这世间声声金鼓铜锣,睁开眼时,天地乾坤都入得定了。

谏客夜鼓

在古代遗失的书札和野史的只言片语中，关于谏客的记载是一个另类。进谏，作为古代吏治决策、言论中间重要的一个环节，往往需要白发三尺、黑衣怒须的谏官以血溅五步的姿态来完成这个世俗权欲的神话书写。谏客是夜晚的祭祀，他们的文辞不能以故旧的刀笔吏的立场来理解。

“谏”是古代下对上的一种进言形式。谏客，乃至伏案疾书的官员，死谏而不旋踵，白发黑袍，青丝满衣。谏客所潜在的巨大杀伤力和对权贵的威胁，打击都是在一个瞬间完成的，像是将蠹虫与灰烬投入火海获得光明的刹那。

从这个角度说，“谏客”的身份意识是在从程序化的教义到暴力反抗的这个环节形成的。谏客不是任何喉舌的一种，他有癫狂的草书、缭乱的笔法，陈明事理，不落俗套。

谏客的存在意义和使命，具备了形而上的色彩，而非服务于世俗权力。谏客不导演仪式，也不演绎悲剧，亦非行刺、密谋、操纵，以险胜而沾沾自喜。以古代击鼓鸣冤，或者朝堂上向王公大臣们进谏的知识分子为例，冤魂这个词语，在中国汉语的古典语境中，才能重现它的诡异、神秘、晦暗。

阅读中国古代的笔记，它们赋予谏客更为纯粹的力量和传奇色彩。谏客的单纯与犀利都是无与伦比的，这种气质和精神不仅是个体苏醒后的逃离和诅咒，也是揭开谜底之前的一种赌注。谏客无比激烈的言说方式注定不能模仿和矫饰的。

谏客这个职业的风险也使得那些只有破釜沉舟的大时代的智慧者才能担当此重任。谏客的言字正腔圆，毫无回旋余地。每一次出口，都是头破血流。

古代纳谏史所记载的这些言论，在夜读伏案、苦雨淋漓的笔墨生涯中，有着空濛的色彩与寓意。口头语毕竟与史官书面的涂抹不同，它具备的原生意义，不可替代。厅堂之上，谏客匍匐向前，或者怒目而视，对四下的看客嗤之以鼻。仿佛四合之内，只有这个谏客是真正的演说者。当大堂朝殿之内的当权者的惊堂木板正欲响起来，一折曲剧就要唱完的时候，谏客就登场了。步履疾如雨点，红衣黑脸，或者青灰国字脸，像是怒目金刚。面孔上油墨极重，腔调如木鼓之音，刺入耳际。金石鼓乐停驻，大喊一声：锵锵锵——且慢。

谏客的登场，总是在这样风云诡谲的夜雨时分。舞台上灯火弥漫，看客欲睡，然而却还是支着耳朵在等那一丝尖锐或雷鸣般的吼声。谏客从案头走到台上的聚光灯下，野史里梦游的秀才小生，忽闻那暗地里的虎吼之声，潦草的芝麻官晃晃脑袋，走到后人的视野里,在书札的扉页和空白处留下红色的批语,这才肯接纳了谏客的意见。

至少,谏客比说客更为抽象。他们的灵魂与躯体像是春秋灰袍长袖风尘仆仆的辩士一样神秘。只是一个暗影,魂魄藏在线装书或者经史子集的卷尾空白处。这样的形象多是在梦境中出现,飘若游魂一般,以幽灵的形式存在。这更像是捕风捉影,在朝堂上,望着他们一度徘徊的三寸尺方。

只是,那谏客似乎是一个壮士。壮士短衣,揽环结佩,面目清秀。夜色中站在朝堂或者面对衙门前的木鼓,他看不清哪是空,哪是门,于是拼命地开始敲打,四顾无人,忘记了身份和苦楚。

〔清〕余集 梅下赏月图

谏客的这种发声和言说方式是异类的行为。因为在取消了一切可行的途径之后，他放弃了奔走呼号，开始饮酒三通，子夜击鼓，将他的身世、困顿与立场彰显在青天白日之下的大堂。枣木传刻的奏折、状词、台词、剧情、冤屈、表现出他内心的激越，鼓声如弹丸,跳跃在心堂。

夜幕时分，谏客登场，恰是雷雨之后。朝堂官员、百姓、衙役都几欲先走。或者是折子戏的高潮，扇子后面露出一张黑色的脸，捏着袖子的谏客，急急忙忙地赶场，欲留住一缕冤魂。这样的喊声、怒气会让昏睡的官员忙不迭地正襟危坐，高堂之下，就是谏客在虎视眈眈。哪怕是身临真实的朝堂，上疏奏折，谏客也是入戏的。他进入自己的角色，扮演的是铁齿铜牙的义士。

一个衣衫褴褛的谏客，他的书折已经毁弃，刀笔史官觉得是从名册、簿子上勾销他的角色、名分的时候，在午夜客散酒冷的时候，收拾残茶拨弄棋子的县令会突然从半睡半醒的沉醉中惊觉肃立。折扇和茶盏掉在地上，星光之下的厅堂衙门，猩红的大门，那一架木鼓的声音瞬时咚咚隆隆地敲打起来了。那木鼓上浮雕的螭虎，时而传出醉意朦胧的声音，时而是仓皇四顾的失落。

古代的深夜，月明星稀，茶客们正三三两两地作鸟兽散，鼓声却从衙门的前厅响了起来。星夜赶报，鼓槌声声，县令慌忙披衣上堂，这是历代县驿官员不能推脱的午夜功课。雷霆般的鼓声，使得这些糊涂官员大半生都保持了一种难得的警觉。衙役们风驰电掣，赶赴朝堂，县令整理衣冠，驱走倦意，端坐在高堂明镜之下，听闻那击鼓者的声声悲戚。

若是遇到邋遢的当权者，谏客登场，鼓声或者说辩之音如奔虎，如暴雨，直追到肺腑之中。那金石之声、木铎之音荡气回肠，谏客已经准备好背水一战，死谏不退。星夜击鼓，流星般的鼓槌如飞马奋蹄卷入云霄，水光天影月色下的府宅门口，谏客叩门不

止。或者是在一个偏僻的县衙，木鼓惊醒了衙斋的官员，只是为了鸡毛蒜皮的事情。

书生们充当的谏客，在很长的一段时间内，是以悲剧的名分进入评点以及说书人的视野的。古代每一个谏客的绝唱如今都难模拟复制。无名的谏客，白发苍苍十指黑，是独对夜空的虚无与暗淡，以及人世的深渊。进谏的言辞关系柴米油盐、赋税、水利，大小多少全部覆盖。这就是进谏的难处，它所包纳的极其细微的事情错综复杂。

谏客厅堂的辩说，脸谱为大黑，是唇枪舌剑，是醒鼓，是醍醐，是雷霆。听者怒目色变，耳目昏聩之辈惊醒之余，再三叹息。谏客形单影只地站在高堂上，官员、衙役、书记，昏沉的耳目，陷入停滞的思维，形成围剿之势。明镜之下，污垢藏匿，谏客眉头紧蹙。

星夜的流星鼓槌寒光明澈，敲打着衙门前的木鼓。惊醒的衙役突然发觉已是饥肠辘辘。月到中天，寒夜如此漫长，听者疲惫，

〔清〕罗聘 锁谏图

那鼓声平地而起，愈来愈急，总是让人两股战战，坐卧不安。那击鼓者好像有平生的悲郁，在寒霜中奋力擂鼓，他已经不能等待黎明。

鼓声，在府衙之内，是古代七品官员的一个巨大梦魇。这着了魔的鼓声是质疑与诀别。其声如奔雷，如霹雳，让耳目壅塞的浊世之人警醒。咚咚的敲打声，在三更时分从衙斋响起，酒酣耳热、白发苍鬓的县令慌忙起身升堂，先是一阵沉默，翻看满案的文牍，那温度、气息、味道，让人鼻子发酸，老泪纵横。不知道升了多少堂，听过多少鼓，那声腔，那音调，原是如此的熟悉，让人惊惶不堪。发须已白、衣帽陈旧的击鼓者，或者那更大天地间的谏客，顶天立地地站在人群中，是如此的果敢和坚决。

古人击鼓鸣冤，声竭府衙，睡梦中的衙役官差三通鼓罢一应到场。这庸常昏沉的梦境之中，鼓声是雷霆般的炸响。那木鼓中的小兽窸窸窣窣，在一个须发斑白县令的梦呓中寻寻觅觅。身体困乏的子夜，一个醉鬼或者屠夫，来到衙门的大堂，争论关于日常生活的鸡零狗碎。鼓声惊堂，县令披衣彷徨，左右为难。木石之声阵阵不息，远远地只能听到模糊不清的念叨、辩论、争执、吵闹。只有黎明的时候，才听到惊堂木倏地落定，人心稳下来。击鼓的人在用鼓声诉说着他的冤屈，一字一句，一腔一调，在威严的厅堂上细若游丝，在刀笔吏簿子里往来游弋。厅堂上的士子、官宦，在焦急地等待着，那种焦躁溢于言表。

这一声断喝是白驹过隙，跳过了多少朝代年月，白发苍苍的倦客伏案醒来，一时分不清头绪。那鼓点是一个狂野的灵魂，在街巷的喧腾人群中穿梭。黄衣使者白衫儿，金甲云彩五花马，鼓声未停，府斋里的衙役倚在门槛看着星月的清辉，不知道过去了几个时辰。

三两声鼓点，子夜的府衙，云板响起，挑灯的书生会想起谏客的白发、彩绣的锦袍，以及五尺案头、白纸黑字、须发染雪的悲凉。窗阁里的文牍，卷尾的批注，秀才们像是惊醒的鱼，昼夜未尝合眼。青色的夜空下，读史的考生、披卷的县令、传递文书的书童都重归世俗世界的饮食、睡眠、浓酒。意气不断地消减，奏折、状书与银两挤兑当铺先生，以及邻家的子弟，彼此牵牵扯扯。

鼓声时有藏露，圆润多趣，那是不同修为和年龄的击鼓者所抵达的境界。或轻盈，或灵快，或凝重，它百般变化，有着无数的故事。

似乎连我也在等待那鼓声的响起。尤其是借宿在山寺的午夜，披衣走在山道上，寂静之中可以看到寺院里的香火，渐渐地暗淡了光影。继而是若隐若现的云鼓，那声音是从头顶的山峰飘过来的。站在那看远处的山脚,时而觉得乌云压顶,那声音大过棒喝、怒叱与摔案,是刚正、凝重的。这是实性而沉定的敲打,它的落脚和斋堂里的鼓点是一样的韵与味。呼吸一下清新的山野之气,耳目在这夜间才更显得分外的敏锐、亮堂。

而古人读书,或者到了剧情将停未了之时,总会有悲情的人物出现。这个时候鼓点就急促起来,让人感到紧绷的力度将身心束缚起来。面对天地间凡俗两界的审判和质问。鼓点似一尾白羽,或者仓颉鸟迹,从云头倏忽穿过,不能捕捉,只能靠心智和直觉去从批注、前奏里去寻找那缭绕青梁之上的是非之词。而这个时候看不到人的脸谱,只在空濛的背景光之下,看到透亮、光洁的线条,人的躯体是无形而有形,声音似乎也不是从嗓子里发出来,而是出自缥缈的流云。那声线如此高亢,直入云霄,舞动流星锤的侠义之士盯着台上的判官,黑白闪动,油墨红绿黄紫,阴阳鱼皮鼓面震动不息。青铜的鼓槌和木质的响板,粉墨盛装的县令和面若桃花、难吐冤情的角色捆绑在一起,这命运的鬼诡就是如此。

木鼓,黑褐或栗褐色。它的声音如寺宇里的香火在子夜就不断地沉积,如粉黛浓艳、眼角带鱼纹的旦角肩上不断散落的灯光和尘埃,洒向人群。侧耳倾听,是疾苦不堪的秀才,堂下坐满了过客与失意人,在这一刻,那木鼓是圣洁的。木鼓的声浪不断地掀起尘土,骤然下马闯入大堂的击鼓者面对县丞、衙役的惺忪睡眼。时而是角儿击鼓,软绵无力地敲打着,像是木鱼在苦熬那漫长的岁月时光,一点点地倾倒苦水。每一个听者都是耳目混沌,心智行藏于鸿蒙之中，来世前身处于开启与闭合之间。开始看到了人的脸、厅堂的文书、云板、皂鞋、灯火，继而才是抽象的镜子，将光射向每一个角落。昼夜如此，黑白不分，文牍是群氓的痴笑，卷面是鸡零狗碎，凡俗性情、生死存亡都在这鼓点欲达到高潮的片刻被裁决。

睡思昏沉的县令，怒发冲冠的谏客，在鼓声的四围之中，是无名的。声音如雨夜里的浮叶，不断地轮回，不断地敲打，身躯和思想都失去了标注年代的背景。朝堂里的谏客，他的断喝与叱责，让人想起法师与行脚僧的告诫。面对这世间的暴戾与悲戚，在他那几近虚无的一声吆喝之后，你的思维陷入停滞，光就在这个时候穿透身体，带你到一个无忧的琉璃世界。谏客白发如雪，朝堂森严如鬼窟，智慧与肉身的救赎是丝丝缕缕编织的曲牌。当当当，锵锵锵锵——如今他抛了俗名与家小，在这戏里拼个死活，盛装出场，站在夜晚的中央，台下是勾心斗角的听众。那百媚千红，那彩云追月，步履蹒跚的谏客怒目色变，杂乱的噪音被过滤干净，寄魂的躯体才又复活。鼓点附着他的身体，化为云烟，绕着大红斋门、后庭花园。

衙斋里的历代县令，都会为这鼓点的蛮横、轻巧甚至妙不可言的狡黠感到困扰。木鼓暗红，束颈鼓腹。那鼓点揪住县令们的耳朵，或醍醐灌顶，或像泼妇彪汉那样撕扯捶打，任他榆木脑袋也该开花结个果。支起耳朵，侧身倾听这人世间的碎碎念、流水调，日子就这样在庵堂念叨和大厅审问、质疑、辩惑的时候溜走。鼓声就是一溜烟地刮过，秀才们身佩璎珞，面相方圆，唱着瓜果熟了、酒酿浓香的曲子，听着这折子，笑谈着就是一个春秋。它如游丝般从天地玄门而入，断喝一声，就识别了平生因缘。天地间的魑魅魍魉，在明镜鼓声的敲击中号叫、哭泣、断缠，那几分狡黠却也是可圈可点的。

若是如此，那县令们在举起惊堂木的片刻，应该会想到那些无形的、有形的、尚未到达的命运和灵魂。耳目自混沌中来，子夜十分鼓点渐稀，变得明光亮堂，辨识人间鬼魅、圣俗凡灵，这智慧则是清一色的。没有畏惧不安，气不喘，心不闹，云板齐下，安安稳稳。那肉眼凡胎逐渐地开始通灵。鼓声里的急躁，状纸上面的手印，云泥之别，或者绵里藏针，忠奸混杂，大善大恶，都对它敞开了门堂。府衙的明镜反射着暗若无物的光焰，直到屋脊和云顶，达到光明的大混沌、大空荡。书案里的蠹虫们化作尘灰之前，已经在威武庄严的呐喊之中惊慌失措地逃离审判。那大正年间的木质家具，不掺杂一丝金属，不带一点釉彩，檀木案堂、响板、笔架、立柱，堂堂正正，不偏不倚。那一声雷霆，有陈仓石鼓的千钧之力，落在案堂，光色四起，一切未了未明之事便在曙光中得以辨别。

读线装书的狐狸精

在古代的竹林、松树下，落满红叶的山谷，草绿色的书房里，读线装书的秀才挑着灯花，烫着黄酒，挥舞着长长的衣袖，用毛笔写着蝇头小楷。从古时蓟城南洗马沟到城北高粱河，汉代的读书人温书是卷着衣袖的，侧卧在烛火旁边，展开青色的竹简，因耕织而粗糙的手指摩挲着古朴字痕。到了明清的举人书斋，脂粉气和熏香炉替代了汉代那种古典墨香氤氲的气氛。水墨画、黑白棋，它们不同于有巢氏、列御寇这些人对终极世界的书写，对汉字的草木本色本质的理解。

小楷和隶书古拙的字痕失去了天地间以江海为墨砚，以桑田为纸张的疏野与旷达。甲骨文、钟鼎文的古雅厚重，烟云般的色泽，是吃皇粮小米、纤巧手艺的纨绔士子不能理解的。汉字是精灵，一笔一画，一点一横，一撇一捺，上下结构，左右纵横；线装书是璞玉，一板一眼，一字一句，一心一意，干支纹路，日月倥偬。这些风尘的汉字，在汉朝隐匿在竹简、布帛、鱼肠剑和军事地图里，没有形迹可循，你看到的只是书法家的习作、枯形野瘦的酸文。而汉字的精魂却不食烟火，远离正史、原典和策书。

宋元明清的长袖秀才读书，摆弄的是景德镇的瓷器、南京城的雨花石。咬一口岭南的荔枝，滋溜溜的甜，竹笋和樱桃的青涩滋味让秀才们酸酸的文章有了谈野史、嚼牙签的兴致。长袖秀才酸文歪句中甜美的词语来自古朴寡言的线装书、影印本、手抄本里的故事和逸闻。线装书里的李逵、程咬金挥舞着大板斧、流星锤，夺了梅花枪、月牙铲，痛打恶人三十拳头。这是在茶楼酒肆逗蟋蟀、嘘八哥的富有子弟，从线装书里侃到的绿林好汉、江湖英雄。他们在岁末备了书童、马匹、银两、行囊进京赶考，一路上抽出线装书在客栈里翻翻看看，念念有词。这是在读线装书里的逸闻故事、模糊不清的狐仙的插图，简陋白描的刻板足以让秀才们浮想联翩，蹙眉弄首。

我一直相信古代的狐仙是识得汉字，写得小篆、草书和行楷的精灵。这些狐狸精隐居在离京城很远的山谷里，住在月桂树、何首乌、青松白云下面的草绿色书房里。狐仙睡着的时候就化作烟云和水渍，隐匿在线装书里，秀才们念着线装书就会想到美丽的仙子。可爱的狐仙就在汉代的竹篱下会稽山、阳陵邑、秣陵桥读书。

书斋里住着聪颖美丽读古代线装书的狐狸精，正楷、隶书、行草样样精通。她们懂得线装书的灵巧和雅致，磨墨挥毫，有风云气色，批注点描，神采奕奕。书斋里墨色的、青色的、紫色的线装书，有彩绘本、原刻本、重刻本、精刻本、修补本、递修本。线装书有茉莉的清香、紫薇的淡远、香茶的幽静。居住在巫山、九龙山、秦岭的小兽们常常不远万里登门借书，就像狐仙喜欢的穿青蓝色寒衣的秀才一样爱惜线装书。

曹雪芹穷酸的线装书里就住着一只美若凝脂的狐狸精。她喜欢清朝的线装书，那么漫长的梦境和金陵城的浮华生活，娥眉粉黛、宫苑泉石使这只白狐对城墙外的世界充满想象。她想看看那些读线装书的人们是怎样的恩爱、纷争、吵闹。她在进京赶考的驿道上带着几册线装书，迈着莲花步，轻盈而潇洒。江南的线装书，岭南的荔枝，江浙的美食，徽州的油纸伞、粗布鞋，让读线装书的人们一路上不再害怕风雪雨水。

我曾在蒲松龄、吴敬梓的影印手抄本小说里遇到这些喜欢线装书的狐狸精。古代的地图上，在中原的洛阳、临淄、邯郸、宛，繁华的城市，熙熙攘攘的人群，读书人、说书人、藏书人、卖书人、借书人骑马乘舟，水陆齐进，寻访珍贵的线装书，不顾舟车劳顿，羁旅艰辛，走遍岳阳楼、洞庭湖、金陵城、南岭坡。在人声鼎沸的夜市里，摸黑寻求藏书家的路线，备了盘缠，写家书，密密缝，细细问，整装待发。童生、秀才、举人们走遍京华，山水万里，携带着一册册的线装书，归程的时候春风满面，逢人作揖，互道珍重。狐狸精们聪明伶俐，刁钻古怪，精通音律，能歌善舞，又是琵琶高手，她们混迹在这些热爱线装书的书生里，揣着银票，带着书童，唱着歌，骑着马，风雪雷火，霹雳险山不能阻止，行踪遍布江南江北、深山老林、河泽城郭，只为了那爱书的秀才和风霜雪痕的线装书。

雪花落在线装书上，墨水的清香在空气里荡漾开，灯火跳跃着，宛如读线装书的狐仙眼睛里明亮的精灵。她呆在山谷里的草木中读书，在京城的城墙外、东风里读书，在烟花三月的扬州、泰山的古寺里读书，化作黄莺、杜鹃，飞到江南水乡东吴之地的斜坡上。草长莺飞的暖春，看着藏书楼里的线装书、夹书板、布帛画，那些写本、影写本、抄本、精抄本引诱着爱书人脚底踏空，跌到五里云外。

北方的雪落在铺满红叶的山谷、城墙外，线装书就被净化了。朗朗书声，秉烛夜读，深山里的狐狸精读遍了秀才编写的孤本、珍本、善本，吃完了核桃、杏子、李子，牙齿酸酸的，软软的，涩涩的，杏黄柳绿，和线装书里的味道一模一样，可以回味咀嚼。而欲赶往京师考试的书生们，在几案上焚上檀木沉香，翻着线装书，饮着绍兴黄酒，嚼着花生米，咬着豆腐干，在经史子集里滚打摸爬。

古代的乡试在京城及各省省城举行，三年考试一次，一般在子、卯、午、酉年举行，考期多在秋季八月，所以又称“秋闱”。酸腐书生长袖善舞，写字也是古古怪怪、晃晃荡荡。进京赶考，寒衣几件，另外就是那线装书了。京城郡县的盐铁士官，懂得人间五味，山谷里闭门读书的狐仙们识得苦笑、讥笑、憨笑、嗤笑，流言、皮相都包囊在线装书厚厚的纸张里。狐朋狗友却都是爱书之人，笔墨文字，生前身后，姻缘感遇，写在巴蜀的黄润细布上，写在进京赶考的江南士子的油纸伞上，写在红织锦绿手绢上。几千里的山路，几千里的水路，穿剑阁，越秦岭，骅骝长嘶，奋蹄蹴地，背着线装书走进京城的驿道上，荒野黑夜，雷雨交加，一只白色的狐狸

〔明〕万邦治 秋林觅句图

在客栈里读着线装书就睡着了，化成一缕檀香，栖居在赶考人的行囊里。翻着他的书，摸摸他的砚，盘盘索索。

那个清苦的书生呢？一路上他带着线装书和笔墨纸砚走了几千里，终于走到了皇城根外的官行道。急促的马蹄声过去，步履蹒跚的书生和面黄肌瘦的书童拖着沉重的线装书和行囊，摸索着少得可怜的盘缠，咬咬牙进城了。春天了，他的线装书都发霉了，狐仙们看到眉目清秀的书生躲在客房里喝茶看书，他的书签是一瓣江南的茉莉。书香满卷，虽然线装书没有帝王将相枭雄玲珑剔透和游刃有余的笔画，但清苦的书签、洁雅的文墨、线装书的内敛与精致使人为之侧目。

深山里的狐狸精读着线装书。灵隐寺、葛岭、虎跑泉、天竺顶的狐狸精们爱的是线装书的痴、淡、娴静与透彻。北京顺天府贡院，进京赶考，春闱会试，紫禁城太和殿，保和殿。这些功名利禄的名字与她们无关。她们爱的是清初的线装书，油墨芬芳，更多的是山间的草木清香。皇帝亲拟试题和评判考卷，阅卷大臣批阅，前十名试卷进呈皇帝御览，状元、榜眼、探花，二甲、三甲，披红挂彩，骑马街前亮相，黄巾赤眉起义只是线装书外的故事。她们是书童，孤单的书童，在月光下念书，书斋里是脱胎漆器、牛角梳、油纸伞，也有那书写姻缘名分的彩云笺、锦绣笔。

读线装书的狐狸精是古代的精灵。在汉字的形体里，在魏晋的志怪异人小说里可以寻觅她们的踪迹。在白棉纸嘉靖版、明刊活字本、凌濛初的套印本里你会听到她们的夜半歌声。几千年来她们比私塾先生，比皇家藏书太学博士更懂得线装书的性情、脾气和语言，线装书里的人情世故、江湖恩怨和儿女情长。枕边的线装书和女红，针线密密，字字连心，她们并不是纤弱高贵的妇人，不是看海棠、吃虾米、扔碗筷、骂丫鬟的纨绔书生。百衲本、邋遢本、活字本、套印本、巾箱本、袖珍本、两截本、石印本、铅印本，整整齐齐摆放在山间的书斋里，房间里有春暖花开的气息。

古代宫殿般的废弃长廊，有朗朗书声。读着线装书，岭南的才子顺闽江北上走漫漫驿道。蚁鼻钱、五铢钱、三棱铜箭镞都埋藏在线装书里，一年又一年，山中的景色不停地变化，花开了又谢，花谢了又开，云髻峨峨、修眉联娟的狐狸精还在读她的线装书。士子们写着文章磨着墨，垂柳、三角枫、七叶树都荣荣枯枯，落落草草。

夏夜的旅途，进京赶考，披星戴月，玉兰、紫薇、桂花、芙蓉香气溢满山谷，线装书里的记忆就复活了。书生们叹着气，赶着路，那读着书丹唇外朗、皓齿内鲜、明眸善睐的狐狸精就在线装书里做梦。这是一份水姻缘，笔墨缘分，山山水水，千里迢迢。

我想每一个读线装书的狐仙和书生都是懂得这书里的辛酸的。书里的小楷端正、连风草书，而每个词又都仪静体闲。这是线装书的气质，瓌姿艳逸，柔情绰态，有华丽多彩的一页。也有缠绵悱恻的门第彩笺、云中锦书，每个字都写得婀娜多姿，仿佛不是食五谷杂粮的人写出来的。

古代的地图上，中国为冀、兖、青、徐、扬、荆、豫、梁、雍九州。这些河流纵横、车马交错的世界里，烟云浩渺，如果你和我一样在线装书的世界里遇到过这些藏书家、私塾先生和偷书的狐狸精，一定要记得和他们攀谈。我想像会爱上这样一个读线装书的狐狸精，清秀的拓本，细细的书页，疏野的气质，婉媚字迹兔起鹘落，虽然荒诞离奇、啼笑皆非但是却明言至理、不容推搡。每一个爱线装书的人都懂得在繁文缛节背后的那种期望与顾盼。脱胎换骨，号啕大哭，伤心动肺，每读完一册他们都会心神惘然。这样的爱书人是有童稚心的，就像这锦州城外、跑马楼台、晋江阁楼、湘北橘子洲里隐逸的狐狸精一样，她们脱去了野史的杂痕和风霜，有一种天然的高贵。她们在顺治九年暹罗的城市里，在秦岭东段支脉的熊耳山，在长江中游以南的版图上隐居，在王母宫、玄圃堂、昆仑宫、天墉城、线装书里的田园世界里吟唱，看着来往的读书人用长袖遮住家书的一角，油灯下展卷而读。线装书里的世界，在汉代的北海，在魏晋的昆仑、南山，鱼鳖虾虫，虫鸟走兽，它们在荒诞的典籍和记载里扮演着滑稽而真实的角色。

读晚清的影印本小说，书香氤氲，柴米油盐，书画琴棋，杂耍表演，多了些生活气息。晚清的北京城里，读书人听着着街市锵锵锵锵，当当当当，揉揉眼睛，读完了《穆天子》、《淮南子》、《山海经》，古代儒生、寒士、贫民、王侯，喝着中药，念着线装书，敲着棋子。藏书楼依然热闹，但是读线装书的人已经很少。落寞的人写文章添油加醋，东拉西扯，锣鼓声，鞭炮声，乳儿哭啼，线装书里的世界不再清净了。爱情故事写到这里，刊印的是鲁提辖、宋江、江湖诗派的旧作、木偶戏、才子佳人小说。线装书里的狐狸精咀嚼着字里行间的杜鹃花、芍药花，峨冠博带的书生云游四海，深山里的桂花开了谢去。读着读着就心如明镜月华，看懂了蒲松龄的鬼话、秀才的骈文。书斋里的狐仙在春天种花，养蚕，耕织，不写四六文，不讲四声八病。梦魇般的爱情和传说只是书里的混沌，年年岁岁，花花草草，线装书的气质和故事竟是如此难解。

想念一只红锦衣青玉袍、读线装书的狐狸精。

世道治平，民物阜康。一个手若柔荑、肤若凝脂的狐狸精在青灯下读着诸子百家、二十四史，读着三品官翰林学士知制诰的文章，她是孤单的。花港观鱼、苏堤春晓太遥远，读着手抄本，做着针线活，线装书里的青衣、白眉、黑风怪，它们是多么可爱。晚清的小人书，放肆的唐伯虎，吊诡的酒葫芦，甚至翻一本望蓬莱仙岛屿的倭人异志，有安倍晴明(あべのせいめい)和御剑术，巡捕的寻宝，还有京师大学士的顺口溜，东巷卖油翁的打油诗。

苏州、松江、夔州、黎平、思南，多少人在赴京赶考的路上梦到线装书里的美女。书生们囊中羞涩，饥寒交迫，便对更久远一些的古代地图产生臆想。在汉代的传说和记载里，“狐狸精”开始作为古代儒生们对美貌与野心并重的女人的代名词。狐狸生性多疑，狡猾机警，一身漂亮的皮毛，让人无法琢磨。酸腐秀才打开尘封的地图典籍，读的是原玺钤印。

读线装书的狐狸精是美女，书斋里茶酒香冽，在筑雪堂、五棵松、心境斋，振袖倾鬟，肩背竹篓，采薇，泡茶，播种，打谷。活字、多色套印以及用白棉纸、开化纸等上等纸印刷的书籍也读，阳春白雪乡俚野谈，头戴斗笠，手扶犁耙，有风餐露宿，有当时明月。她们来到世上成为嗜书的仙子，不再是操控鬼神和精灵的那个白狐，线装书的滋味如此，五味混杂，脾胃相对。线装书里没有疾病灾祸托言鬼物生灵作祟，春天的小蜜蜂绕着狐狸精的书斋，盯着花儿，来年黍麦稻桑麻熟了，耕耕织织，一年就过去了。

明正德之后的抄本、稿本、活字印刷本、版画、清代精刻本和民国红蓝精印本在线装书里最为特殊。光绪戊申年的狐狸精、秀才、师爷、兵卒，他们思考的是普普通通、俗俗气气的事情，读词话，描小楷，书房尺牍之大的世界堆满不同版本的小说、游记、名家抄校本、稿本。线装书里的诙谐逗趣，香销玉殒，过眼烟云，水银泻地。

线装书的世界盘虬通幽，密如蛛网。宫闱血腥，曲媚固宠，厉害锱铢，恩爱失意，从汉朝读到晚清，已经对传奇的恐惧、噱头感到麻木。官差和士兵，猜疑和记恨，富丽和荣华，其实并不是线装书里真实的记载。锦套索、铁莲花，久远年代的古籍刻本线装书里的暗器和侠义的武者，拘泥在三层八角式建筑里。晋代张华《博物志·物性》形容这种动物因羽毛美丽而自恋，其实不对，白狐只是读书的精灵，而不是迷惑读书人智慧与知识的鬼魅，温婉俏艳、聪明机智而且深明大义、侠骨柔肠。

〔唐〕周昉 调琴啜茗图

在我的私人读书笔记里，有这么一只有情有义读线装书的狐狸精。读古代的书需要心有灵犀一点通，能够懂得字词和纸张的魂魄、呼吸、呢喃、神采。淑雅贤惠，晶莹佩玉，轻烟雾里的焚香点缀着安宁的书斋，身披红色锦衣的狐狸精搬弄着书衣、书签、封面、牌记、书脑、书脊。她不需要魔法与妖术，而心里充满了春天的温暖气息，蒲公英、风筝、城墙根、书房、温润的泥土、爬得慢慢的蜗牛，一切都是富有生机和默契的。当窗读书，深山里不必担心闹市的喧哗，字迹漫漶，边栏缺损，且读无妨。抹一下冻得红红的鼻子，依照宋元旧版书籍原貌摹写，字体笔画，行格款式，狐狸精的用的是欧柳笔法，墨色清润，她懂得思慕春光，下厨做辣椒红烧鲤鱼，躲在人群里寻找前生的如意郎君。有点淘气，但是笔记做得认真，时而像豢猫一样狡猾，时而温顺，喜欢吃糖葫芦、棉花糖，插着簪子、金钗，细细的手腕上系着红璎珞。

线装书是一种不施粉黛的清苦书。里面有茂盛的草木，清幽的廊庙，破损的城墙，悠然的山谷，寂静的书斋。田野春绿了，花开了，叶儿飞了。从窗口窥见插着孔雀翎读线装书的狐狸精，面如芙蓉，眉若柳叶，桃花映红，你知道她在这里读了多久，走了多远，藏了多久，躲避了多久呢？

每个读书人的世界里都住着一只狐狸精。深居在线装书里，几钱当归、何首乌的清苦世界，她显得与世无争，只要有干粮和清酒，能够陶醉，能够在伤情处卿卿我我。长袖善舞的狐狸精捧着线装书、行囊，走千里，袖箭射恶人，制陶，酿酒，刻镂，编织，混迹在无人注意的角落。藏匿在咸丰三年的文淙阁、光绪六年的文澜阁、乾隆四十年的文渊阁，满篇小白兔、松树精，藏猫猫的白狐凄凄惨惨，寻寻觅觅，躲在屏风后穿着薄如蝉翼的云水裙，在草书、正楷、笔墨纸砚里跳舞，轻盈曼妙，体轻腰弱，身轻如燕。恬静地抄写文册，气定神闲，饿了吃块干粮，粗茶淡饭也知足。

想念一只读线装书的狐狸精。

一身竹叶青

一

阅读汉代的残简和书信，进入古人的日常生活世界的那个瞬间，我能感觉到其中的迟疑和谨慎。彩羽心笺沾满泥土，墨色青青，穿上了青色的锦袍，沐浴完毕，拂去尘土，已经是汉代的城邑，明清的府斋。

永嘉元年(公元145年)正月的这封信件，记载的是一个汉代县令的日常生活。这封信让我想到古代的官员，尤其是不入历代史家法眼的县令，他在筹备钱粮、裁断官司、赈济灾民、安抚百姓的时候那种焦躁与期待。书信的字迹模糊，官袍文牍的色彩弥漫，青色的烟从小县城的田野袅袅升起，我在灯下仔细地辨别着车马的声音、竹简的刻印，生怕不小心惊动了伏案疾书的县令。

古代的县令，不仅仅是那个墨笔绘画梅兰

竹菊水墨图的县衙里的官差。

目光透过那衙门的案牍，如雪片般的公文往往耗尽一个县令的心血和壮年时光。如果你仔细读过古代的吏治、赈济的数据，你会明白那些不辞辛苦负责考察地形、垦荒耕织的下层官员的焦虑与不安。古代官职种目繁多，比如卫尉、太仆、廷尉、宗正、治粟内史，但是我只是觉得只有这个治粟内史和县令才是我在古人家书中遇到的知音。

汉代的马车，载着书信、钱米，不分日夜地奔赴浙东、齐鲁、会稽，我常常会被赈济灾民的钱粮马车滚滚的车轮声惊醒。夜雨从天空中泼洒下来，煎熬在油灯下的官员和府吏奋笔疾书，文官府吏出谋划策，唇舌如火，两股战战，不能平静。八百里加急书信连夜出城，差官飞马策纵，一路呼喝，黎明时分已经到达郡守的宅邸。而城外是江浙的流民，会稽、永嘉的百姓在等待赈济的车辆。官差和县令频繁出入，步履连连，心乱如麻，寻求安民的赈灾良策。

二

汉代版图之大，郡县之多，数不胜数，典籍极少记载县令，郡守的日常生活。

汉平帝元始二年（公元2年），全国的政区建置详细记述了103个郡(国)、1587个县(道、邑、侯国)。这多达几千个县邑的治理是一件大事，正是这众多的县邑构成了国家的主体，每一个城池、村落都是当地县令、府尹治理考察的重点。偌大的疆域版图，不是酸腐秀才可以口若悬河之地。

我疑虑地看着这汉代地图上的众多城池、县邑，具体到一张郡县放大的地图上密密麻麻的村落、道路。粗略地统计着人口、钱粮、丝布、柴米，你就能知道那是一种多么沉重繁琐的事务。密如蛛网的河道和县邑记载汉唐县级官员治理责任。方略事迹的线装书、关于历代官员俸禄的统计表和各朝的墨印版图，是进入古代人生活现场的主要线索。在成千上万的城邑之间，即使是训练有素的史学家、地理学家也会一头雾水，被这深不可测的汉代城邑图弄得狼狈不堪。绘制在缣帛上的地形图、驻军图与城邑图代表了这个县令——当地治理人员对于

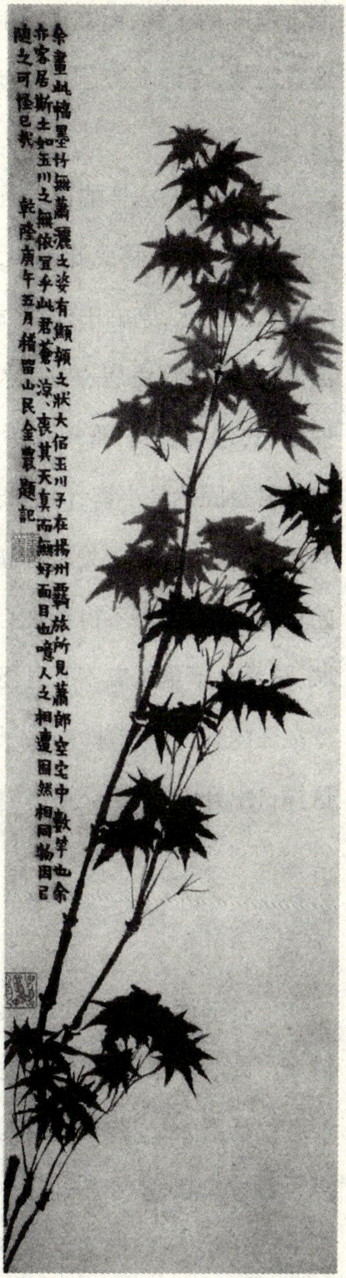

〔清〕金农 竹图

治下辖区的了解，而在那个时代，官员走马上任，第一件事便是巡查民情，考证水势，明察地理，取得第一手的农业数据，这才谈得上做官。

驿马停驻、酒杯酣饮的县令只是历代传说中的故事。汉代的中国，屯垦戍边、移民开垦的大片农业区，具体到治下的县令，必须是跋山涉水，亲临田地，才能鼓舞士气，完成治理的任务。古代县衙虽小，但是吏房、户房、礼房、兵房、刑房、工房一应俱全，治理城池，巡查百姓，管理农耕，县令是必须亲躬前往，不得马虎。一个县令固然是小官，但是要熟悉治下的人口数、县制、山川、水利、特产、官营工矿、关隘、祠庙，将衣食住行样样都安置好，这样的责任和政事，容不得丝毫心浮气躁。天下的百姓每天往来于县城，日常之事更是离不开县衙官员裁断。这样的官职，每一个县令在任内都是如履薄冰。成千上万的城邑内，任职的县令每天就这样日出升堂，裁断公务，访察民情，兴修水利，弄得满身泥土。

三

一卷书读完的时候，常常在昏昏欲睡之时，会想到古代穷乡僻壤中的小城里埋头批阅公文的县令。汉朝时县令及吏员办理公务的场所人员混杂，幽暗的烛光，青灰色的衣裳，四方斗室，堆满了各种文牍、案卷、书信。沐浴之后，墨砚齐备，打开窗户，披上衣袍，朱笔之下的批文点点滴滴都是鸡毛蒜皮的民情，亦有零零碎碎的口角、债务、家里长短之事。这样的卷宗堆满案头，随手翻阅其中一卷,都会被嘈杂混乱的线索和状词弄得焦头烂额。

古代的县令生活在东家长西家短的小城里，远离天子脚下的皇城,责问的是油盐酱醋柴米茶。这样的县令作为最接近百姓的官员,他们的生活是平凡琐碎的。你想查一下他们的笔记、语录、文章都是困难的。

1736年,乾隆元年五月,郑板桥于太和殿前丹墀参加殿试中二甲第八十八名进士,1742年春天,他迁任范县令。

时光荏苒,我们终于能够清楚看到古代的县令的履历了。这个县令的日常生活、公务施政都可以说是历代中国县级一层官员的典范。

1746年,乾隆十一年,清代知识分子郑板桥任山东县令,自范县调署潍县。是年灾荒,郑板桥主持潍县政事的一项重要内容便是赈济灾民、巡查实证、安抚百姓。这个时候,作为一介县令,这个不入史家典籍的职位,它的重要性确实不言而喻。郑板桥开仓赈粮,令民具领券供给,又大兴工役,修城筑池,每一件公务都是直接面对百姓,为此,终于有人肯写一下这中国古代的七品芝麻官了。1748年，大学士高斌和都御史刘统勋为特使到山东放赈,板桥跟随而至。"郑板桥招远近饥民就食赴工,籍邑中大户开厂煮粥轮食之。尽封积粟之家……秋以歉收,捐廉代轮,尽毁借条,活民无算",这样的县令终于能够进入我们的视野了。中国古代的一介县邑小官，却是责任重大、维系着衣食民生的国家大梁。"立功天地,字养生民",郑板桥的日常生活里有葱葱的青竹、绿绿的青山、桀骜的菊花、巍巍的雪松,他善于画山野之物,字迹

〔明〕张鹏 渊明醉归图

磊落方正，他放言高论，臧否人物，这个县令的日常生活里终于不再是蠹虫横生的案牍生涯，郑板桥开始在这个县邑的职位上做出了大文章。

郑板桥作为一介县令，这种心襟气度让我看到了中国古代知识分子的高贵人格。这种洒脱以及重任在肩、担当道义的精神，为中国历代的县令这一职位增添了更多的可供谈论的资本。

明清的知识分子有描写出巡办理公务的县邑官员，景象并不那么轻松。出巡一次，下察民情，上溯河东，往往疲惫不堪，辗转乡村，观察河渠，核查田亩，车马困顿，旬日回府，多是饥肠辘辘，困苦难耐，如果假设这是一个清廉的官员，查看一下卷宗记载的俸禄，衡量一下县衙的公务，你才能掂量得清楚这县令一职的分量轻重。

四

古人说，天地间有杆秤，那天下万民即是铁打的秤砣。

读完这句民俗味道十足的话，想想县令们粗茶淡饭的官员生涯，翻阅历代官员的俸禄流水簿子，相比那些画鱼虾的皇帝，玩花鸟、斗蟋蟀的官差，大修园林、搜刮异石奇草的王公，只有山东范县县令郑板桥的字画最得人心，最有精神。

夜雨连绵，小路上的车马在泥泞中寸步难行，一个守在案前苦思对策的县令研磨提笔，写了这封家信，讲述在他任内奖励耕织、灌溉、舟楫、养殖、渔业的故事。郑板桥不知道磨秃了多少只竹笔，而他的目标似乎只有一个：那就是粟满仓，衣满橱。改革弊政，体察民情，他不曾有半点糊涂；督促耕织，裁断纷争，他不曾有半点灰心；重视农桑，纠正时弊，他铁肩万钧之重，却能不泥古法，身体力行。他的一封封家书，一卷卷笔墨，一朵朵兰竹，都是清丽秀气，却又飘逸脱俗。

古代的县令，守着一座小城，用淡淡的墨笔画着这城里的百姓，用黑白分明的线条勾勒世间民情疾苦，一肩明月，两袖清风，以重墨草书之笔尽写花草烂漫天性。这个县令的竹石图溢满山野之气，淡薄的色彩仿佛便是访贫问苦时穿的那一袭布衣。竹叶兰叶一笔勾成，仪态万千，让人一眼看去便知道他这个县令做得是生气勃勃，荡气回肠。

古代县令由朝廷任命，主要任务是治理民众，管理政财、司法、狱讼和兵役，这是我国古代的最小级别的官员，所谓的父母官，大概就是指那些心有明镜的县令了。晚年的郑板桥刻了一方图章明志：“恨不得填满普天饥债。”这样的刻印，要比历代的官员那些梅花篆字的官印重过千斤。

古代的书生，或只得去做穷乡僻野的县令。但正是这个官职，确是中国古代吏治最重要的一环。那些分散在政书、文集、史传、笔记之间的琐碎施政记录，正是古代县邑吏治最艰深、最复杂的线索。正是这身体力行矫正弊端的七品芝麻官，将中国历朝历代千万个县城的治理维系下来，支撑着整个国家的运转，从钱米布帛到兵役赋税。郑板桥站在古代青色的城墙之下，他的心里看到的是旌麾直指江北的铁索楼船、画阁箫鼓、青山绿水，朗朗明镜高高悬挂在案堂天地之间。

五

乾隆十七年，郑板桥触怒权贵罢免归乡，郑板桥雇了三头毛驴，一头自己骑，一头让人骑着前边领路，一头驮行李。辞官归乡的郑板桥赋诗一首：

乌纱掷去不为官，
囊橐萧萧两袖寒。
写取一枝清瘦竹，
秋风江上作渔竿。

这个县令的文章和笔法在历代的官员中间，它是如此的清澈、亮堂堂、直挺挺。

一盏浓浓的美酒，一册册民情文牍，一个县令的日常生活就是这样记载在那些百姓的心里。穿布袍，吃粗粮糙米，断明白讼卷，古代官箴以“清、慎、勤”为基本原则，这样的一个县令任内事必躬亲，田赋税收、农田水利、救济灾民、平冤假错案、打击贪官污吏、勤以察弊，是他日常生活的主要内容。平民百姓的衣服是青色的，这个位于中国古代版图上的小县城也是青色的，辞官骑驴归家的郑板桥的衣襟也是青色的，宛若那山城外的河水清澈。县城外是青色的天空，下面是绿色的田地，曾经青青的衣领，头顶乌纱、腰间佩玉的县令骑着毛驴，慢悠悠地穿过农田，乡野的兰竹清新之气扑鼻而来。

一个县令掌管的那些大米、布匹、鱼钱、苏木、银子、银票，都已经该散的全散去了，只剩下这三头毛驴载着他慢悠悠地走。这个饮酒写兰竹的县令，无论盛暑、雨雪、泥潦，都会亲临农田，他通晓刑名律例、钱粮会计、文书案牍，凡事细心谨慎，却又能当断即断，心里有一面明晃晃的镜子。那种关爱和责任感的存在使得一个古代县令的日常生活充满了人性闪光之处。无论公务繁

〔清〕郑燮 墨竹图

碌，不曾怠政，这样的县令，它的兰竹、山石要比古代许多皇帝的花鸟异松、园林仓廪都更有分量。

在古代吏治以及农耕史之外，我在满案文牍之中披衣翻卷，阅读这个县令的日常生活。

这个畅饮竹叶青的县令的日常生活与书吏史家们撰写的官员谱系没有关系，它只写在古代地图上齐鲁之地那个小小的县城百姓的心里。

深夜读书写字的时候，常常会被墙壁的字画模糊了思路，古代有酷爱花草的官员，有弄瘦石、临牌刻、画山水的皇帝，还有藏匿形骸于四海笔墨的王侯，但只有郑板桥这一介山东小城县令画的墨竹最为生气，气韵生动。

衙斋卧听萧萧竹，
疑是民间疾苦声。
些小吾曹州县吏，
一枝一叶总关情。

这一首诗，写出了中国古代一介县令的天下襟怀。他的窗里幽兰，窗外修竹，闭柴扉，扫竹径，对芳兰，啜苦茗，此是何等气度，已达到能独与天地精神往来的境界。

且容我挽起衣袖，放下纸笔，敬这个七品县令一杯竹叶青。

后记

在写作的时候我时常觉得自己是走在古代的青山下，比如会稽山、终南山，甚至是更久远传说中的那些山脉，比如不周山、须弥山。我就在这样的路上向前走着，想抵达古代的大河流域。这些河流也并不是一个具体的地理位置上的寻觅和探险，而我是向着古代的精神和古人的生活气息出发的。

这本书的写作，自始至终贯穿的主题就是关于古代的“现象”与“本质”，以及从史料中了解古人生活、古代社会，怎样去表现它的问题。客观与主观事物在这里是历史存在、个人想象与文化沉淀的问题。与古代的苍穹下，如果遇到雨季，人们乘着马车往来于九州的大地上，这个图景常会在我深夜阅读的时候浮现。

古代的历史之久，并非没有悲剧、荒诞、虚构的存在，但是我在这里要抵达的是从现代角度回望古代所产生的发自内心和心灵深处的渴望，它接近原始，又是经过文化洗礼的。我是想以一个东方文明单纯的孩子的身份，站在这个时代的地平线上遥望大海与黄土，觉察到心里涌动的海浪般的力量。我所写的古代的黄土、雨季、山河、竹简、地图、寺院、官衙，它们并不是作为普通的名词和自然建筑物存在，而是在白话文散文只有百余年历史的今天，穿透这些存在，寻求我们内心所经历的个人的，以及历史的绵延不断的生命力量。我关注的就是这种思索古代的意识本身，尤其是意向性，指向茫茫苍老古代的意向性。或者说，最为具体的便是在我们知识结构和心理活动之中存在的“乡愁”，面向古代的乡愁。

所以，在这个角度我写的并不单纯是一种文化散文，而是源自我们内心，在现实与日常生活中形成的这样一种心灵的力量。你在古代并不能寻找到它，只能在时代与时代的交汇，关于中国文化的热爱之中才能定位它，归纳它。很久以来，我是把自己的写作与文化散文区别开来的。它来自于生活，而非单纯的虚构与想象。我想知道，古人是怎样思考，怎样的喜悦和悲痛，怎样的洒脱与自然，怎样的孤单与淡然。

有时候我会觉得我们每一个人都是古代人，内心有无法言喻的皈依感。这种感觉潜在地影响着我们的生活观念。古代是彼岸，现代则是此岸，我们在这个时空之中把握着自己的思考和心灵前行的方向。而我的写作就是在这个基础上展开。我关注的是我们如何理解古代的“声音与现象”以及记忆的问题，虽然“记忆”的问题在这本书里尚没有展开。我在意的是如何“面对事实本身”，如在《大风起兮》、《孔雀东南飞》中，我想摈弃一贯的文化中的赋予这些意象的附加成分，将这个意象重新释放出来。这个不是一种心理体验，而是视线从现代文化的意义中跳跃出来，回归遥远的心灵家园。在这个时候，你是一个行动者，就像很久前那些向着古都出发求学的人们一样，身体力行。

时光是一条河流，我们沿着河道行走。世界上所有的喜悦与悲伤都是相关的，它们与我们是一体相融的。我们一起互相陪伴，回到古代看山高水长，这大约便是今生今世最有意义的事情了。

刘卫东

2009年4月

图书在版编目(CIP)数据

汉语春秋：中国古典人文意象随笔 / 刘卫东著.—济南：齐鲁书社，2009.5

ISBN 978-7-5333-2198-7

Ⅰ.汉… Ⅱ.刘… Ⅲ.散文—作品集—中国—古代 Ⅳ.I267

中国版本图书馆 CIP 数据核字(2009)第 055981 号

汉语春秋

中国古典人文意象随笔

刘卫东 著

出版发行 齊鲁書社

社　　址 济南经九路胜利大街 39 号

邮　　编 250001

网　　址 www.qlss.com.cn

电子邮箱 qlss@sdqress.com.cn

印　　刷 东营市新华印刷厂

开　　本 650×990　1/16

印　　张 14

插　　页 2

字　　数 160 千

版　　次 2009 年 5 月第 1 版

印　　次 2009 年 5 月第 1 次印刷

标准书号 978-7-5333-2198-7

定　　价 26.00 元